Erguei bem alto a viga, carpinteiros
&
Seymour
Uma introdução

Erguei bem alto a viga, carpinteiros
&
Seymour
Uma introdução

J. D. Salinger

tradução
Caetano W. Galindo

todavia

Se existe ainda um único leitor amador neste mundo — ou alguém que simplesmente lê e sai correndo —, peço a ele, ou ela, com afeto e gratidão inexprimíveis, que divida a dedicatória deste livro, de igual para igual, com minha esposa e meus filhos.

Erguei bem alto a viga, carpinteiros

Numa certa noite, uns vinte anos atrás, quando a minha imensa família estava sitiada por um ataque de caxumba, minha irmã mais nova, Franny, foi levada, com berço e tudo, para o quarto a princípio livre de germes que eu ocupava com o meu irmão mais velho, Seymour. Eu estava com quinze anos, e Seymour com dezessete. Lá pelas duas da manhã, o choro da nossa nova colega de quarto me acordou. Fiquei deitado, imóvel, numa posição neutra por alguns minutos, escutando o escândalo até ouvir, ou sentir, que o Seymour se mexeu na cama ao lado da minha. Naqueles tempos, a gente deixava uma lanterna no criado-mudo entre as camas, para emergências que, até onde eu possa lembrar, jamais aconteceram. Seymour ligou a lanterna e saiu da cama. "A mãe falou que a mamadeira está no fogão", eu disse a ele. "Eu dei a mamadeira pra ela agora há pouco", Seymour disse. "Não é fome." Ele foi no escuro até a estante de livros e ficou passando lentamente a lanterna pelas prateleiras. Eu sentei na cama. "O que é que você está fazendo?", eu disse. "Eu achei que talvez fosse bom ler alguma coisa pra ela", Seymour disse, e pegou um livro. "Ela tem dez meses, meu Deus do céu", eu disse. "Eu sei", Seymour disse. "Eles têm orelha. Eles não são surdos."

A história que o Seymour leu para a Franny naquela noite, à luz da lanterna, foi uma das preferidas dele, uma história taoista. Até hoje a Franny jura que lembra do Seymour lendo para ela:

O duque Mu, de Chin, disse a Po Lo: "Você já tem muita idade. Haverá algum membro da sua família que eu possa empregar, para procurar cavalos em seu lugar?". Po Lo respondeu: "Pode-se escolher um bom cavalo por seu porte geral e por sua aparência. Mas o cavalo excepcional — aquele que não levanta poeira e não deixa rastros — é algo evanescente e fugaz, esquivo como a brisa. Os talentos de meus filhos são de um plano mais baixo; eles reconhecem um bom cavalo quando o veem, mas não reconhecem um cavalo excepcional. Eu tenho um amigo, porém, um certo Chiu-fang Kao, vendedor de combustível e legumes, que no que se refere a cavalos é em nada inferior a mim. Por favor, receba-o".

O duque Mu o recebeu, e depois o enviou em busca de um corcel. Três meses depois, ele voltou com a notícia de que tinha encontrado o animal. "Ele está agora em Shach'iu", acrescentou. "Que tipo de cavalo será?", perguntou o duque. "Ah, é uma égua baia", foi a resposta. No entanto, quando mandaram alguém buscar o animal, ele revelou-se um garanhão negro como carvão! Muito contrafeito, o duque mandou buscar Po Lo. "Aquele seu amigo", ele disse, "que eu contratei para procurar um cavalo, fez tudo errado. Ora, ele não sabe nem distinguir a cor ou o sexo de um bicho! Como é que pode entender de cavalos?" Po Lo soltou um suspiro satisfeito. "Ele chegou mesmo a esse ponto, então?", exclamou. "Ah, então ele vale dez mil vezes mais que eu. Não há comparação entre nós. O que Kao considera é o mecanismo espiritual; ao garantir o essencial, ele esquece os singelos detalhes; atento às qualidades interiores, perde de vista o que é externo. Ele vê o que quer ver, e não o que não quer. Olha para aquilo que devia olhar, e deixa de lado o que não precisa ser visto. Kao julga tão bem os cavalos que tem capacidade de julgar coisa ainda melhor."

Quando o cavalo chegou, revelou-se de fato um animal excepcional.

Eu reproduzi a história aqui não apenas porque nunca deixo de fazer o que posso para recomendar uma boa chupeta em prosa para pais ou irmãos mais velhos de bebês de dez meses, mas por uma razão bem diferente. O que se segue imediatamente a isso é o relato de um dia de casamento em 1942. Trata-se, na minha opinião, de um relato fechado, com começo e fim e, além de tudo, com uma mortalidade toda sua. E no entanto, como detenho essa informação, acho que devo mencionar que o noivo hoje, em 1955, não está mais vivo. Ele cometeu suicídio em 1948, quando estava de férias na Flórida com a esposa... Sem sombra de dúvida, contudo, o que eu realmente quero dizer aqui é: Desde que o noivo se aposentou definitivamente dos palcos, eu não consegui pensar em outra pessoa que me desse vontade de mandar procurar cavalos em seu lugar.

No fim de maio de 1942, a progênie — sete, ao todo — de Les e Bessie (Gallagher) Glass, artistas aposentados do circuito Pantages de teatro de revista, estava espargida, para empregarmos um vocabulário exuberante, por todos os Estados Unidos. Eu, para começo de conversa, o segundo mais velho, estava no hospital do exército de Fort Benning, na Geórgia, com pleurisia — uma pequena lembrancinha das treze semanas do treinamento básico da infantaria. Os gêmeos, Walt e Waker, tinham sido separados um ano antes. Waker estava preso num campo para os que se negaram a servir, em Maryland, e Walt estava em algum lugar do Pacífico — ou a caminho de lá — com uma unidade de artilharia de campanha. (Nós nunca soubemos direito onde o Walt estava naquele momento específico. Ele nunca foi um grande escritor de cartas, e pouquíssima informação pessoal — quase nada — chegou até nós depois da sua morte. Walt faleceu num acidente militar ridiculamente absurdo no fim do outono de 1945, no Japão.) A minha irmã mais velha, Boo Boo, que vem cronologicamente entre mim e os gêmeos, era alferes no Corpo de Voluntárias e estava de serviço, ora sim ora não, numa base da marinha no Brooklyn. Durante toda a primavera e o verão daquele ano, ela ocupou o apartamentinho em Nova York que eu e o meu irmão Seymour tínhamos praticamente abandonado depois de sermos convocados. Os dois filhos mais novos da família, Zooey (homem) e Franny (mulher), estavam com os nossos pais em Los Angeles, onde meu pai ainda tentava a sorte num estúdio de cinema. Zooey estava com treze anos, e Franny com oito. Os dois apareciam toda semana num programa de perguntas no rádio que se chamava, com algo talvez da típica ironia aguda dos programas ouvidos em toda a nação, *É uma Sábia Criança*. Num ou noutro momento, bem vale acrescentar aqui este dado — ou, na verdade, num ou noutro ano —, todas as crianças da nossa família foram "convidados" semanais contratados do *É uma Sábia Criança*. Eu e Seymour fomos os primeiros a aparecer no programa, lá em 1927, com as respectivas idades de oito e dez anos, nos tempos em que o programa era "transmitido" de uma das salas de convenções do antigo Murray Hill Hotel. Nós sete, do Seymour até a Franny, aparecemos no programa com pseudônimos. O que pode soar tremendamente estranho, considerando-se que nós éramos filhos de artistas de vaudeville, uma raça que normalmente não é avessa à publicidade, mas minha mãe um dia leu um artigo numa revista a respeito do pequeno calvário das criancinhas profissionais — o quanto elas se veem afastadas de companhias normais, supostamente desejáveis — e adotou uma atitude ferrenha a respeito do assunto, e nunca, nunca mais pensou duas vezes nisso. (Não é o momento, não mesmo, de entrar em toda a questão de saber se a maioria das crianças "profissionais", ou todas, deviam ser proibidas, lamentadas ou friamente executadas como inimigas da paz. Por enquanto, eu vou apenas comentar que os nossos rendimentos combinados no *É uma Sábia Criança* pagaram a universidade de seis de nós, e estão pagando a da sétima.)

Nosso irmão mais velho, Seymour — que é quase o meu único interesse aqui —, foi cabo naquilo que, em 1942, ainda se chamava Força Aérea. Ele estava de serviço numa base de B-17s na Califórnia, onde, *acho* eu, trabalhava com serviços de escritório. Posso acrescentar, não muito entre parênteses, que ele era de longe o menos prolífico de nós no quesito cartas. Acho que não recebi cinco cartas dele na minha vida inteira.

Na manhã do que era ou o dia 22 ou o 23 de maio (nenhum membro da minha família jamais datou uma carta), uma carta da minha irmã Boo Boo foi deixada ao pé do meu leito no hospital militar de Fort Benning enquanto o meu diafragma era atado com fita adesiva (um procedimento médico comum em pacientes com pleurisia, que supostamente garantiria que eles não desmontassem de tanto tossir). Quando acabou o martírio, eu li a carta da Boo Boo. Não joguei a carta fora, e ela aparece aqui letra por letra:

CARO BUDDY,

Eu estou toda atrasada pra fazer as malas, então essa carta vai ser curta mas *penetrante*. O almirante Belisca-Traseiro decidiu que tem que pegar um voo pra regiões desconhecidas em nome do dever de guerra e decidiu também levar junto a secretária, se eu for boazinha. Eu estou é sem paciência pra isso. Fora o Seymour, o que vai ter por lá são galpões militares numas bases aéreas geladas e umas cantadas juvenis dos nossos pilotos e aquelas coisas horrendas de papel pra você vomitar no avião. A questão é que o Seymour vai casar — isso mesmo, *casar*, então por favor preste atenção. Eu não vou conseguir estar lá. Eu posso ficar seis semanas ou quem sabe até dois meses nessa viagem. Eu conheci a moça. Não vale nada na minha opinião, mas é bem linda. No fundo eu não *sei* se ela não vale nada. O negócio é que ela mal abriu a boca na noite em que a gente se conheceu. Só ficou ali sentada sorrindo e fumando, então nem é justo falar. Eu não sei nadinha do namoro em si, a não ser que parece que eles se conheceram quando o Seymour estava lotado em Monmouth no inverno. A mãe é de lascar — mexe com tudo quanto é arte e faz análise com um bom junguiano duas vezes por semana (ela me perguntou duas vezes, na noite em que a gente se conheceu, se eu já tinha feito). Ela me disse que só queria que o Seymour tivesse mais *relações* com outras pessoas. Sem nem piscar, disse que adora ele mesmo assim etc. etc., e que sempre ouvia ele religiosamente nos anos todos em que ele esteve no rádio. Eu só sei isso, fora que você *tem* que ir ao casamento. Eu nunca vou te perdoar se você não for. Sério. A mãe e o pai não conseguem vir lá do litoral. A Franny está com sarampo, pra começo de conversa. Aliás, você ouviu a participação dela semana passada? Ela estava uma fofura falando sem parar de como ela ficava voando pelo apartamento inteirinho quando tinha quatro anos de idade e ninguém estava em casa. O locutor novo é pior que o Grant — se é que isso é possível, é pior até que o Sullivan lá das antigas. Ele disse que com certeza ela estava *sonhando* que sabia voar. A pequenininha defendeu a sua versão da história de um jeito lindo. Disse que tinha *certeza* que sabia voar porque quando pousava ela sempre tinha poeira nos dedos, de ter encostado nas lâmpadas. Como eu queria ver a Franny. E você também. Enfim, você *tem* que ir ao casamento. Suma sem pedir autorização, se for o caso, mas *vá*, por favor. É às três da tarde, no dia 4 de junho. *Muito* não sectário e Emancipado, na casa da avó dela, na rua 63. É um tal juiz que vai fazer o casamento. Não sei o número da casa, mas é exatamente a segunda depois da casa onde o Carl e a Amy levavam aquela vida de luxo. Eu vou passar um telegrama pro Walt, mas acho que ele já embarcou. *Por favor* vá, Buddy. Ele está com o peso de um gatinho e aquela cara de êxtase que não dá pra você abordar. Talvez dê tudo mais do que certo, mas eu estou odiando 1942. Acho que vou odiar 1942 até morrer, só por uma questão de princípios. Beijo grande e a gente se vê quando eu voltar.

Boo Boo

Uns dias depois da chegada da carta, eu tive alta do hospital, entregue aos cuidados, por assim dizer, de cerca de três metros de esparadrapo em volta das costelas. Aí começou uma extenuante batalha de uma semana para conseguir um passe e poder ir ao casamento. Acabei conseguindo depois de todo um esforço para cair nas graças do comandante da minha companhia, um sujeito que se confessava amante de literatura, cujo autor favorito, por sorte, era exatamente o meu autor favorito — L. Manning Vines. Ou Hinds. Apesar de sermos almas gêmeas, o máximo que eu consegui arrancar dele foi um passe de três dias, o que na melhor das hipóteses daria exatamente o tempo de ir de trem até Nova York, assistir ao casamento, jantar correndo em algum lugar, e aí voltar cabisbaixo para a Geórgia.

Todos os vagões comuns dos trens de 1942 contavam com uma ventilação meramente decorativa, pelo que eu lembro, viviam lotados de policiais do exército, e tinham cheiro de suco de laranja, leite e uísque de centeio. Passei a noite tossindo e lendo um número da *Ace Comics* que alguém teve a bondade de me emprestar. Quando o trem chegou a Nova York — às duas e dez da tarde do casamento — eu estava exausto de tanto tossir, pregado de cansaço, suando, amarrotado, e o esparadrapo coçava que era um inferno. A própria Nova York estava num calor indescritível. Não tive tempo de passar primeiro no apartamento, então deixei a bagagem, que consistia numa sacolinha de lona, com zíper, de aparência meio opressiva, num daqueles armários de aço da Penn Station. Para tornar tudo ainda mais provocativo, enquanto eu andava pelo Garment District tentando achar um táxi desocupado, um segundo-tenente do Signal Corps, a quem eu aparentemente não bati continência quando atravessei a Sétima Avenida, de repente saca uma caneta-tinteiro e anota o meu nome, meu número de identificação e meu endereço, enquanto vários civis observam interessados.

Eu estava um trapo quando finalmente peguei um táxi. Falei com o motorista e passei instruções que me levariam pelo menos até a antiga casa de "Carl e Amy". Mas assim que chegamos àquela quadra, foi bem fácil. Era só seguir a multidão. Tinha até um toldo de lona. Pouco depois, eu já entrava numa casa enorme e era recebido por uma mulher muito altiva, de cabelo cor de lavanda, que me perguntava se eu era amigo da noiva ou do noivo. Eu disse do noivo. "Ah", ela disse, "bom, vai ficar todo mundo junto mesmo." Ela riu de maneira algo exagerada e me levou ao que parecia ser a última cadeira dobrável ainda vaga numa sala grande cheiíssima de gente. Eu tenho treze anos de um branco total no que se refere aos detalhes concretos gerais daquela sala. Além do fato dela estar entupida de gente e abafadíssima, eu só lembro duas coisas: que tinha um órgão tocando exatamente atrás de mim, e que a mulher sentada exatamente à minha direita se virou e declarou entusiasmada, num sussurro exagerado, *"Eu sou a Helen Silsburn!".* Pela localização das nossas cadeiras, deduzi que ela não era a mãe da noiva, mas, só para garantir, sorri e acenei com a cabeça de maneira simpática, e estava prestes a dizer quem *eu* era, mas ela pôs um decoroso dedinho diante da boca, e nós dois olhamos para a frente. A essa altura, já eram cerca de três da tarde. Fechei os olhos e fiquei esperando, um pouquinho receoso, que a qualquer momento o organista parasse com a música de fundo e mergulhasse no "Lohengrin".

Não tenho uma ideia muito clara de como passou a hora e quarenta e cinco que se seguiu, descontado o fato de importância cardeal de que não houve mergulho no "Lohengrin". Eu me lembro de um grupinho disparatado de rostos desconhecidos que se virava disfarçadamente, vez por outra, para ver quem estava tossindo. E lembro que a mulher que estava à minha direita se dirigiu de novo a mim, no mesmo sussurro meio empolgado. "Acho que alguma coisa está atrasada", ela disse. "Você já tinha visto o juiz Ranker? Ele tem cara de *santo*." E lembro da música do órgão guinando de maneira singular, quase desesperada, num dado momento, de Bach para algo do começo da carreira de Rodgers e Hart. Mas, no fundo, receio que eu tenha ficado o tempo todo fazendo pequenas visitas hospitalares a mim mesmo por ser obrigado a conter os ataques de tosse. No tempo todo em que fiquei naquela sala, eu tive uma constante e covarde sensação de que estava prestes a sofrer uma hemorragia, ou, na melhor das hipóteses, uma fratura de costela, apesar do colete de esparadrapos que estava usando.

Às quatro horas e vinte minutos — ou, para dizer de maneira diferente, e mais ríspida, uma hora e vinte minutos depois do que qualquer tipo de esperança pareceria justificar — a noiva ainda por casar, de cabeça baixa, com um genitor postado a cada lado, foi retirada da casa e conduzida, frágil, por uma longa escadaria de pedra que levava até a calçada. Foi então depositada — quase aos trambolhões, ao que se viu — no primeiro dos três elegantes carros pretos que esperavam, em fila dupla, na frente da casa. Foi um momento excessivamente gráfico — um momento de tabloide — e, como bom momento de tabloide, veio com suas testemunhas oculares, pois os convidados (eu entre eles) já tinham começado a sair da casa, ainda que com certo decoro, em atentos, para não dizer fascinados, magotes. Se houve algum aspecto minimamente atenuante naquele espetáculo todo, o responsável foi o clima. O sol de junho brilhava tão forte e tão claro, era de uma presença tão multiflash-de-fotografia, que a imagem da noiva, enquanto ela descia os degraus de pedra quase como uma inválida, tendia a ficar borrada onde borrar tinha mais relevância.

Assim que o carro nupcial foi ao menos fisicamente removido da cena, a tensão na calçada — especialmente em torno da boca do toldo de lona, à beira da rua, onde eu, entre outros, estava parado — deteriorou-se e virou o que, fosse aquele imóvel uma igreja e fosse aquele dia um domingo, podia ter sido tomado pela confusão bem típica do momento da dispersão dos fiéis. Então, muito subitamente, chega a enfática informação — supostamente vinda do tio Al, tio da noiva — de que os convidados deveriam *usar* os carros estacionados na rua; ou seja, com ou sem recepção, com ou sem mudança de planos. Se a reação no meu entorno serve de parâmetro, a oferta foi de modo geral recebida como uma espécie de *beau geste*. Mas não ficou exatamente sem dizer, no entanto, que os carros deviam ser "usados" somente depois que um pelotão formidando — definido como a "família mais próxima" da noiva — tivesse usado os meios de transporte de que *eles* necessitavam para abandonar o local. E, depois de um retardo algo misterioso e com jeito de engarrafamento (durante o qual permaneci singularmente pregado onde estava), a "família mais próxima" de fato começou seu êxodo, com carros aceitando até seis ou sete pessoas, e outros apenas três ou quatro. O número, eu supus, dependia da idade, da atitude e da amplidão dos quadris dos primeiros ocupantes a tomar posse.

De repente, por sugestão — um tanto rude — de alguém que estava de saída, eu me vi postado na sarjeta, bem na boca do toldo de lona, ajudando as pessoas a entrar nos carros.

Como eu acabei sendo selecionado para essa posição é algo que merece certa especulação. Até onde eu saiba, o opiniático desconhecido de meia-idade que me escolheu para o trabalho não tinha nem a mais remota ideia de que eu era irmão do noivo. Portanto, parece lógico que eu tenha sido escolhido por motivos outros, bem menos poéticos. O ano era 1942. Eu tinha vinte e três anos de idade, e vinha de ser convocado para o exército. O que me parece é que foram apenas a minha idade, a farda e a inequívoca aura servil de um verde-oliva fosco que não deixaram espaço para dúvidas quanto à minha adequação para a posição de porteiro temporário.

Eu não apenas tinha vinte e três anos de idade, mas era um camarada visivelmente lerdo para os seus vinte e três anos. Lembro de colocar as pessoas nos carros sem nenhum grau de competência. Pelo contrário, eu lidei com aquilo como um cadete, com uma aparência dissimulada de concentração, de cumprimento de dever. Depois de alguns minutos, na verdade, fui ficando mais do que consciente de estar servindo às necessidades de uma geração predominantemente mais velha, mais nanica e mais carnuda, e o meu desempenho como segurador de braços e fechador de portas se revestiu então de um poderio ainda mais impostado. Comecei a me comportar como um jovem gigante excepcionalmente hábil e completamente encantador, com tosse.

Mas o calor daquela tarde era, para dizer pouco, opressivo, e as compensações do meu ofício devem ter me parecido cada vez mais irrelevantes. Abruptamente, embora o grupo da "família mais próxima" mal parecesse ter começado a diminuir, eu mesmo me atirei num dos carros recém-carregados, bem quando ele começava a se afastar do meio-fio. Ao fazer isso, minha cabeça deu uma pancada bem audível (quiçá punitiva) na capota. Uma das ocupantes era ninguém menos que a minha sussurrante conhecida Helen Silsburn, e ela começou a me oferecer suas mais puras condolências. A pancada tinha aparentemente ressoado pelo carro todo. Mas aos vinte e três anos eu era o tipo de rapaz que reage a qualquer ferimento que sua pessoa sofra em público, exceto uma fratura craniana, com uma risada oca, soando debiloide.

O carro seguia para oeste, direto, por assim dizer, para dentro da fornalha aberta do céu daquele fim de tarde. Continuou rumo oeste por duas quadras, até chegar à avenida Madison, e então fez um brusco ângulo reto para o norte. Fiquei com a sensação de que estávamos todos sendo salvos de ser engolidos pelo terrível forno do céu apenas graças à imensa atenção, e à competência, do anônimo chofer.

Nas primeiras quatro ou cinco quadras rumo norte pela Madison, a conversa no carro ficou basicamente limitada a comentários como "Eu estou te dando espaço?" e "Eu nunca passei tanto *calor* na minha vida". Aquela que nunca tinha passado tanto calor na vida, como eu fiquei sabendo depois de prestar atenção em certos comentários na calçada, era a Dama de Honra da noiva. Era uma moça robusta de seus vinte e quatro ou vinte e cinco anos, com um vestido cor-de-rosa de cetim e uma tiara de bem-me-queres artificiais no cabelo. Havia nela um nítido éthos atlético, como se, um ou dois anos antes, ela pudesse ter se formado em educação física na universidade. No colo, segurava um buquê de gardênias quase como se fosse uma bola murcha de vôlei. Estava sentada no banco de trás, espremida entre o quadril do marido e o de um velhote minúsculo de fraque e cartola, que segurava um charuto cubano apagado. A sra. Silsburn e eu — nossos respectivos joelhos internos se tocando sem malícia — ocupávamos os bancos retráteis, de frente para eles. Duas vezes, sem qualquer desculpa que fosse, meramente demonstrando aprovação, eu dei pequenas espiadas no velhote minúsculo. Quando originalmente carreguei o carro e segurei a porta para ele, eu tive um breve desejo de pegar o sujeitinho no colo e fazê-lo passar delicadamente pela janela aberta. Ele era a baixa estatura encarnada, e certamente não teria mais que um metro e quarenta e cinco, quarenta e sete, sem no entanto ser anão. No carro, ficou olhando para a frente com uma expressão muito severa. Na segunda vez que olhei para ele, percebi que tinha o que parecia muito uma antiga mancha de molho na lapela do fraque. Percebi também que sua cartola ficava a uns bons dez ou doze centímetros do teto do carro... Mas na maior parte do tempo, nos primeiros minutos dentro do carro, eu ainda estava mais preocupado era com o meu estado físico. Além da pleurisia e de um galo na cabeça, eu tinha a hipocondríaca sensação de que estava ficando com a garganta inflamada. Fiquei ali sub-repticiamente enroscando a língua para trás e explorando a parte putativamente afetada. Estava com os olhos fixos, pelo que eu lembro, na nuca do motorista, que era um mapa em relevo de cicatrizes de furúnculos, quando de repente minha companheira de assento se dirigiu a mim: "Eu não tive oportunidade de te perguntar lá dentro. Como é que vai a querida da sua mãe? Você não é o Dickie Briganza?".

Minha língua, no momento da pergunta, estava enroscada explorando já os limites do palato mole. Eu desembrulhei a língua, engoli a saliva e me virei para ela. A sra. Silsburn tinha cinquenta anos de idade, ou perto disso, e vestia roupas finas e elegantes. Estava usando uma camada pesada de maquiagem. Eu disse que não — não era.

Ela estreitou os olhos um quase nada e me disse que eu era igualzinho ao filho da Celia Briganza. A boca. Tentei demonstrar pela minha expressão que se tratava de um equívoco que qualquer um podia cometer. Então continuei olhando fixo para a nuca do motorista. O carro estava quieto. Dei uma espiada pela janela, para mudar de cenário.

"O que você está achando do exército?", a sra. Silsburn perguntou. Abrupta, sociavelmente.

Tive um breve ataque de tosse naquele exato momento. Quando acabou, eu virei para ela com toda a alacridade de que pude dispor e disse que tinha feito muitos amigos. Era meio difícil, para mim, girar na direção dela com todo aquele invólucro de esparadrapo em torno do diafragma.

Ela concordou com um gesto da cabeça. "Eu acho que vocês são todos maravilhosos", ela disse, de maneira um tanto ambígua. "Você é conhecido da noiva ou do noivo?", ela então perguntou, chegando delicadamente ao que interessava.

"Bom, na verdade, eu não sou exatamente um conhecido de —"

"Melhor você não me dizer que é conhecido do *noivo*", a Dama de Honra me interrompeu, lá do banco de trás. "Eu queria era pôr as mãos nele por coisa de *dois minutos*. Só *dois minutinhos*, nada mais."

A sra. Silsburn se virou breve mas completamente para sorrir na direção de quem tinha falado. Então se voltou de novo para a frente. Nós fizemos essa ida e volta, na verdade, quase em uníssono. Considerando-se que a sra. Silsburn tinha se virado por um mero instante, o sorriso com que brindou a Dama de Honra foi uma espécie de obra-prima do mundo dos bancos retráteis. Foi nítido o suficiente para manifestar ilimitado apoio a toda a mocidade, do mundo inteiro, mas acima de tudo àquela sua intrépida e loquaz representante, a quem, talvez, ela tivesse sido apresentada de maneira pouco mais que perfunctória, se tanto.

"Mocinha sanguinária", disse uma risonha voz masculina. E a sra. Silsburn e eu nos viramos outra vez. Quem tinha falado era o marido da Dama de Honra. Ele estava sentado exatamente atrás de mim, à esquerda da esposa. Eu e ele trocamos aquele olhar vazio, desprovido de camaradagem que, no crapuloso ano de 1942, somente um oficial e um recruta podiam trocar. Primeiro-tenente do Signal Corps, ele estava usando um interessantíssimo quepe de piloto — um boné de cuja copa se removera a armação de metal, o que normalmente confe-ria a quem o usava certo ar destemido, supostamente desejá-vel. Nesse caso, no entanto, o quepe não estava à altura. Pare-cia meramente servir para fazer com que a minha cobertura exagerada, regulamentar, se assemelhasse a um chapéu de pa-lhaço que alguém tivesse arrancado às pressas do incinerador. O rosto dele era pálido e, essencialmente, assustado. Ele trans-pirava com uma abundância quase inacreditável — na testa, no lábio superior e até na ponta do nariz —, num grau em que um tablete de sal já podia ser recomendável. "Eu sou casado com a moça mais sanguinária da região", ele disse, dirigindo-se à sra. Silsburn e soltando outra risadinha suave, pública. Em defe-rência automática à sua patente, por muito pouco não rio tam-bém — uma risadinha curta, inane, de soldado convocado, que significaria claramente que eu estava ao lado dele e de to-dos os outros ali no carro, contra ninguém.

"Eu estou falando *sério*", a Dama de Honra disse. "Só dois minutos — e pronto, meu irmão. Ah, se me deixassem pôr es-sas duas *mãozinhas* aqui —"

"Tudo bem, então, mas calma lá, calma lá", seu marido disse, ainda dispondo de uma fonte aparentemente inexaurível de bom humor conjugal. "Calma lá, que assim você vai mais longe."

A sra. Silsburn olhou de novo para o fundo do carro e con-cedeu à Dama de Honra um sorriso praticamente canonizado. "Alguém viu o povo lá dele no casamento?", ela inquiriu em tom suave, com a mais leve das ênfases — ainda refinadíssima em seu comportamento — no pronome pessoal.

A resposta da Dama de Honra veio num volume peçonhento: "*Não*. Eles são todos lá da Costa *Oeste* ou sei lá de onde. Mas eu *queria* ter visto".

A risadinha do marido soou outra vez. "E você ia ter feito o quê, se tivesse visto um deles, querida?", perguntou — e pis-cou indiscriminadamente para mim.

"Bom, saber eu não *sei*, mas alg*um*a coisa eu teria feito", disse a Dama de Honra. A risadinha à sua esquerda se expandiu em volume. "Bom, mas teria mesmo!", ela insistiu. "Eu ia ter dito alg*uma* coisa pra eles. Assim. Santo Padre." Ela falava com uma altivez cada vez maior, como se tivesse percebido que, animados pelo seu marido, nós todos que ficávamos ao alcance da sua voz estávamos achando algo encantadoramente direto — brioso — na sua noção de justiça, por mais que ela pudesse ser pueril, ou pouco prática. "Não sei *o que* eu teria dito a eles. Eu provavelmente só ia acabar cuspindo alguma coisa idiota. Mas Santo *Padre*. Francamente! Eu simplesmente não aguento ver uma pessoa sair impune de uma situação dessas. Não tenho sangue de barata." Ela deteve seu ímpeto apenas pelo tempo que levou para receber novo impulso graças a um olhar de simulada empatia da sra. Silsburn. A sra. Silsburn e eu agora estávamos totalmente virados, supersociais, nos nossos bancos retráteis. "Mas é *sério*", a Dama de Honra disse. "Você não pode ir *metendo o pé* na vida, magoando os outros quando te der na veneta."

"Eu infelizmente sei muito pouco do rapaz", a sra. Silsburn disse, delicada. "A bem da verdade, eu nunca falei com ele. Só fiquei sabendo que a Muriel tinha ficado noiva —"

"*Ninguém* falou com ele", a Dama de Honra disse, de maneira algo explosiva. "*Eu* não falei com ele. Nós tivemos dois ensaios, e nas duas vezes o coitadinho do pai da Muriel teve que ficar no lugar dele, só porque o avião maluco lá do sujeito não podia decolar. Era pra ele ter vindo pra cá terça passada, de noite, de carona com algum avião maluco lá do exército, mas estava *nevando* ou alguma coisa maluca dessas no Colorado, ou no Arizona, ou num desses lugares bem malucos, e ele só foi chegar à uma da *manhã*, *ontem de noite. Aí* — nesse horário insano — ele liga pra Muriel lá de Long *Island* ou sei lá de onde e pede pra ela ir se encontrar com ele no saguão de algum hotel horroroso pra eles poderem *conversar*." A Dama de Honra estremeceu de maneira eloquente. "E vocês conhecem a Muriel. Ela é uma querida, e bem capaz de deixar Deus e o mundo passarem por cima dela. É isso que me dá nos nervos. Sempre essas pessoas mais boazinhas é que acabam se dando mal... Enfim, aí ela troca de roupa e entra num táxi e fica em algum saguão horroroso conversando até quinze pras *cinco* da manhã." A Dama de Honra relaxou a mão que apertava o buquê de gardênias apenas pelo tempo que lhe bastou para erguer dois punhos cerrados na frente do colo. "*Uuh*, eu fico tão louca da vida!", ela disse.

"Que hotel?", eu perguntei à Dama de Honra. "Você sabe qual?" Tentei fazer minha voz soar descontraída, como se, porventura, meu pai pudesse ser do ramo hoteleiro e eu tivesse algum compreensível interesse filial nos locais de hospedagem das pessoas em Nova York. No fundo, a minha pergunta significava quase nada. Eu estava só pensando em voz alta, basicamente. Tinha ficado interessado pelo fato do meu irmão ter chamado a noiva para conversar com ele num saguão de hotel em vez do seu apartamento vazio e disponível. A noção de moral por trás desse convite não era nada destoante, mas me deixava interessado, ligeiramente, mesmo assim.

"*Eu* não sei qual hotel", a Dama de Honra disse irritadiça. "Um *hotel* qualquer lá." Ela me dirigiu um olhar firme. "Por quê?", exigiu saber. "Você é amigo dele?"

Havia algo sem sombra de dúvida intimidante naquele olhar. Parecia provir de toda uma turba concentrada numa única mulher, separada apenas pelo tempo, e pelo acaso, de seu crochê e de uma esplendorosa vista da guilhotina. Eu morro de medo de turbas, de qualquer tipo, desde que me conheço por gente. "Nós crescemos juntos", respondi, de modo quase ininteligível.

"Bom, sorte sua!"

"Ora, vamos", disse o marido.

"Bom, mil *perdões*", a Dama de Honra disse a ele, mas dirigindo-se a todos nós. "Mas não foi você que ficou uma hora inteira no quarto vendo aquela coitadinha chorar que nem uma condenada. Não é engraçado — e não dá pra esquecer. Eu já ouvi falar de noivos que se arrependem e tal. Mas não precisa ser no *último minuto*. Assim, você não faz uma coisa dessas de um jeito que acabe matando de vergonha um monte de gente da melhor qualidade e quase derrubando de vez a menina e tudo mais! Se ele tinha mudado de *opinião*, ora, por que não escreveu pra ela e pelo menos terminou com tudo que nem um cavalheiro, pelo amor dos santinhos? Antes de estragar tudo."

"Tudo bem, calma lá, calminha aí", o marido disse. Sua risadinha ainda estava lá, mas já soava um pouco tensa.

"Bom, mas é sério! Será que não dava pra ele escrever pra ela e contar tudo, sendo *homem*, e evitar essa tragédia toda?" Ela olhou para mim, abruptamente. "Você tem alguma ideia de onde ele foi parar, por acaso?", exigiu, num tom duríssimo. "Se vocês foram amigos de *infância*, você deve ter alguma —"

"Eu cheguei a Nova York faz só duas horas", eu disse, nervoso. Não só a Dama de Honra, mas seu marido e a sra. Silsburn também estavam me encarando a essa altura. "Até aqui, eu nem consegui pôr a mão num telefone." Nesse momento, conforme eu lembro, tive um ataque de tosse. Foi bem legítimo, mas devo dizer que fiz muito pouco para conter ou diminuir sua duração.

"Você já foi dar uma olhada nessa tosse, soldado?", o Tenente me perguntou quando parei de tossir.

Naquele instante eu tive outro ataque de tosse — totalmente legítimo, por estranho que possa parecer. Ainda estava virado como que quarenta e cinco ou noventa graus à direita no meu assento retrátil, com o corpo desviado para a frente do carro apenas o suficiente para poder tossir com a devida decência sanitária.

***

Parece uma coisa muito caótica, mas acho que é necessário introduzir um parágrafo bem neste ponto para abordar certas lacunas mais gritantes. Já de cara, por que eu fui ficando ali naquele carro? Na ausência de considerações ocasionais, o destino do carro era supostamente levar seus ocupantes até o prédio da noiva. Quantidade nenhuma de informação, de primeira ou de segunda mão, que eu pudesse vir a obter com a noiva combalida e não casada, ou com seus perturbados (e, muito provavelmente, furiosos) pais teria alguma chance de compensar o constrangimento causado pela minha presença no apartamento deles. Por que, então, eu ia ficando no carro? Por que eu não saí quando, digamos, nós paramos num sinal vermelho? E, ainda mais gritante, por que eu tinha entrado no carro para começo de conversa?... Acho que deve haver no mínimo uma dúzia de respostas para essas perguntas, e todas elas, por mais que sejam vagas, terão lá sua validade. Mas me parece que posso dispensá-las, reiterando apenas que o ano era 1942, que eu tinha vinte e três anos, vinha de ser convocado para o exército, vinha de receber conselhos quanto à eficácia de não se afastar do rebanho — e, acima de tudo, eu estava me sentindo só. Você simplesmente pulava num carro cheio de gente, na minha opinião, e ficava sentado ali.

Voltando à trama, eu lembro que enquanto os três — a Dama de Honra, seu marido e a sra. Silsburn — estavam todos me encarando e me vendo tossir, eu dei uma espiada no velhote minúsculo no banco de trás. Ele ainda estava olhando fixo para a frente. Percebi, quase grato, que seus pés não chegavam direito ao chão. Eles me pareceram antigos e queridos amigos meus.

"O que é que esse sujeito *faz*, afinal?", a Dama de Honra me disse quando eu emergi do meu segundo ataque de tosse.

"Está falando do Seymour?", eu disse. Pareceu claro, de saída, pela inflexão da sua voz, que ela estava com algo singularmente ominoso em mente. Então, de repente, eu me dei conta — e foi meramente um reflexo de instinto — que ela podia secretamente estar de posse de uma variegada coleção de fatos biográficos a respeito do Seymour; ou seja, a parte baixa, lamentavelmente dramática e (na minha opinião) basicamente traiçoeira dos fatos referentes a ele. Que ele tinha sido Billy Black, uma "celebridade" nacional do rádio, por cerca de seis anos durante a infância. Ou que, para dar outro exemplo, foi calouro da Columbia quando mal havia completado quinze anos.

"Isso, o *Seymour*", disse a Dama de Honra. "O que é que ele fazia antes de entrar no exército?"

De novo eu tive o mesmo luminoso lampejo intuitivo de que ela sabia muito mais a respeito dele, por algum motivo, do que pretendia deixar claro. Parecia, para começo de conversa, que ela sabia perfeitamente bem que o Seymour dava aulas de inglês antes de ser convocado — que ele era professor universitário. *Catedrático*. Por um segundo, na verdade, enquanto olhava para ela, eu tive a sensação extremamente incômoda de que ela podia até saber que eu era irmão do Seymour. Não era uma ideia na qual eu quisesse me deter. Em vez disso, olhei indiretamente nos olhos dela e disse, "Ele era quiropodista". Então, abruptamente, me virei e fiquei olhando pela janela. O carro estava imóvel fazia alguns minutos, e eu tinha acabado de me dar conta de um som de tambores marciais à distância, vindo dos lados da Lexington ou da Terceira Avenida.

"É um desfile", disse a sra. Silsburn. Ela também tinha se virado.

Nós estávamos na altura das ruas 80 e muito. Um policial estava postado no meio da avenida Madison e segurava todo o trânsito nos sentidos norte e sul. Até onde eu pudesse ver, ele estava *apenas* segurando o trânsito; ou seja, sem redirecionar os carros para leste ou oeste. Havia três ou quatro automóveis e um ônibus esperando para seguir rumo sul, mas o nosso carro era por acaso o único veículo que se dirigia para o norte da cidade. Na primeira esquina, e no que eu conseguia enxergar da transversal mais à frente que levava para a Quinta Avenida, havia duas ou três camadas de pessoas junto do meio-fio e na calçada, esperando, aparentemente, que um grupo de soldados, ou enfermeiras, ou escoteiros, ou sei lá o quê, saísse de seu ponto de partida na Lexington ou na Terceira Avenida e passasse marchando por ali.

"Ah, *Senhor*. Era bem o que me faltava", disse a Dama de Honra.

Eu me virei, e quase que dou uma cabeçada na testa dela. Ela estava se inclinando para a frente, na direção do espaço que ficava entre mim e a sra. Silsburn, e praticamente invadindo esse espaço. A sra. Silsburn se virou para ela também, com uma expressão simpática, algo condoída.

"A gente pode ficar uma *semana* aqui", a Dama de Honra disse, espichando o pescoço para poder olhar pelo para-brisa. "Eu devia estar lá *agora*. Eu disse pra Muriel e pra mãe dela que ia estar num dos primeiros carros e que ia subir até o apartamento em uns *cinco minutos*. Ah, meu Deus! Não dá pra gente *fazer* nada?"

"Eu também devia estar lá", a sra. Silsburn disse, com alguma velocidade.

"Sim, mas eu *jurei* de pés juntos. O apartamento vai estar entupido de tudo quanto é tio e tia maluca e uns completos desconhecidos, e eu disse pra ela que ia ficar montando *guarda* com umas dez baionetas pra garantir um pouco de privacidade pra ela e —" Ela se interrompeu. "Ah, meu Deus. Que horror."

A sra. Silsburn deu uma risadinha afetada. "Acho que uma das tias malucas sou eu", ela disse. Estava nitidamente ofendida.

A Dama de Honra olhou para ela. "Ah — desculpa. Eu não estava falando da senhora", disse. Ela se recostou no banco. "Eu só estava dizendo que o apartamento deles é tão pequenininho e que se todo mundo começar a aparecer sem mais nem menos — a senhora sabe do que eu estou falando."

A sra. Silsburn não abriu a boca, e eu não olhei para ela para ver qual a gravidade da ofensa que o comentário da Dama de Honra tinha gerado. Mas lembro de ter ficado impressionado, de modo especial, com o tom de desculpas que a Dama de Honra adotou ao lidar com seu pequeno deslize na menção a "tios e tias malucas". Foi um legítimo pedido de desculpas, mas nada constrangido e, melhor ainda, nada bajulador, e por um breve momento eu fiquei com a sensação de que, malgrado toda aquela indignação meio cênica e aquela fibra moral um tanto exibicionista, havia *de fato* nela algo que lembrava uma baioneta, algo não completamente inadmirável. (Eu já adianto, rápido e de boa vontade, que minha opinião nesse caso tem valor muito limitado. Eu vivo sentindo uma atração um tanto excessiva por gente que não exagera nas desculpas.) A questão, no entanto, é que naquele exato momento, pela primeira vez, uma pequena onda de preconceito contra o noivo ausente passou por cima de mim, uma quase imperceptível marolinha de censura pela sua inexplicável ausência.

"Vamos ver se dá pra gente sacudir um pouco as coisas aqui", o marido da Dama de Honra disse. Era basicamente a voz de um sujeito que não fica nervoso num tiroteio. Senti o movimento de suas tropas atrás de mim e então, abruptamente, sua cabeça se esgueirou no espaço limitado entre mim e a sra. Silsburn. "Chofer", ele disse peremptório, e esperou por uma resposta. Quando ela veio, e prontamente, sua voz ficou um tanto mais tratável, democrática: "Quanto tempo você acha que isso aqui vai levar?".

O chofer se virou para nós. "Aí você me pegou, chefia", ele disse. E virou-se de novo para a frente. Estava fascinado pelo que acontecia no cruzamento. Um minuto antes, um menininho com um balão de gás vermelho semimurcho tinha entrado correndo na rua esvaziada, proibida. Ele acabava de ser capturado, e estava sendo arrastado de volta para a calçada pelo pai, que lhe dava soquinhos entre as espáduas com a mão quase fechada. O ato foi justificadamente vaiado pela multidão.

"Vocês *viram* o que aquele sujeito fez com aquela *criança*?", a sra. Silsburn perguntou a todos ali. Ninguém respondeu.

"Que tal perguntar àquele policial quanto tempo a gente deve ficar preso aqui?", o marido da Dama de Honra disse ao chofer. Ele ainda estava debruçado para a frente. Nitidamente não ficou satisfeito com a resposta lacônica à sua primeira pergunta. "Está todo mundo com um pouco de pressa, sabe. Você acha que dava pra perguntar a ele quanto tempo a gente deve ficar preso aqui?"

Sem se virar para trás, o motorista rudemente deu de ombros. Mas desligou o carro e saiu, batendo forte a porta pesada da limusine. Era um sujeito desalinhado, com jeito de valentão, num uniforme incompleto de chofer — terno preto de sarja, mas sem quepe.

De modo lento e muito independente, para não dizer insolente, ele deu os poucos passos que o levavam ao cruzamento, onde o policial de mais alta patente coordenava a situação. Os dois então ficaram conversando por um tempo infinito. (Ouvi a Dama de Honra soltar um gemido, atrás de mim.) Então, de repente, os dois homens deram uma imensa gargalhada — como se não estivessem nem conversando, mas sim trocando as piadas mais sujas. Então o nosso motorista, ainda rindo de maneira nada contagiante, acenou fraternalmente para o policial e foi — lentamente — voltando para o carro. Ele entrou, bateu a porta, puxou um cigarro de um maço que estava na prateleira do painel, meteu o cigarro atrás da orelha e então, e apenas então, virou-se para nos dar seu relatório. "Ele não sabe", disse. "Tem que esperar passar o desfile." Ele nos deu, a todos, uma olhada indiferente. "Depois a gente pode ir indo normal." Ele se voltou para a frente, libertou o cigarro da orelha e o acendeu.

Na parte de trás do carro, a Dama de Honra soltou estrepitosa manifestação de frustração e despeito. E fez-se silêncio. Pela primeira vez em muitos minutos eu dei uma espiada no velhote minúsculo com seu charuto apagado. O atraso não parecia atingi-lo. Seu padrão de comportamento para o tempo que passava sentado no banco de trás de um carro — um carro em movimento, imóvel ou até, era difícil não imaginar, um carro que alguém jogasse de uma ponte nas águas do rio — parecia preestabelecido. Era de uma simplicidade maravilhosa. Era só você ficar bem ereto, mantendo um espaço livre de dez ou doze centímetros entre a cartola e o teto, e encarar com ferocidade o para-brisa em frente. Se a Morte — que estava lá fora o tempo todo, talvez sentada no capô —, se a Morte entrasse miraculosamente pela janela e viesse te pegar, com quase toda a certeza você simplesmente levantava e ia com ela, com ferocidade mas em silêncio. Era bem capaz que você levasse o charuto, se fosse de tabaco cubano.

"O que é que a gente vai fazer? Ficar aqui *esperando*?", a Dama de Honra disse. "Eu estou morrendo de calor." E a sra. Silsburn e eu nos viramos no exato momento em que ela olhou diretamente para o marido pela primeira vez desde que os dois entraram no carro. "Será que não dava pra você chegar só um pouquinho mais pra lá?", ela lhe disse. "Eu estou tão apertada aqui que mal consigo respirar."

O Tenente, com uma risadinha, abriu as mãos de maneira expressiva. "Eu já estou praticamente sentado no para-lama, bem", ele disse.

A Dama de Honra então olhou, com um misto de curiosidade e reprovação, para o passageiro que dividia o banco com eles, e que, como que inconscientemente dedicado a melhorar meu estado de espírito, estava ocupando bem mais espaço do que seria necessário. Havia quase uns quatro centímetros entre sua coxa direita e a base do encosto de braço do lado direito. A Dama de Honra sem dúvida percebeu também esse fato, mas, por mais briosa que fosse, ela não estava exatamente à altura da tarefa que seria abordar aquele personagenzinho formidável. Ela se virou de novo para o marido. "Você consegue pegar os seus cigarros?", disse irritada. "Nunquinha que eu consigo pegar os meus, do jeito que a gente está apertado aqui." Com a palavra "apertado", ela virou de novo a cabeça para lançar um olhar cheio de entrelinhas para o culpado de usurpar o espaço que ela acreditava ser seu de direito. Ele permaneceu extraordinariamente intocado. Manteve o olhar rigidamente cravado em frente, no para-brisa. A Dama de Honra olhou para a sra. Silsburn e ergueu expressivamente as sobrancelhas. A sra. Silsburn reagiu com uma expressão plena de compreensão e empatia. O Tenente, enquanto isso, tinha mudado o peso do corpo para a nádega esquerda, a da janela, e do bolso direito das calças de seu fardamento social tirou um maço de cigarros e uma caixinha de fósforos. Sua esposa pegou um cigarro e ficou esperando o fogo, que não se fez de rogado. A sra. Silsburn e eu ficamos observando o ato de acender aquele cigarro como se fosse uma novidade moderadamente encantadora.

"Ah, mil *perdões*", o Tenente disse de repente, estendendo o maço de cigarros para a sra. Silsburn.

"Não, obrigada. Eu não fumo", a sra. Silsburn disse rápido — num tom quase arrependido.

"Soldado?", o Tenente disse, estendendo o maço para mim, depois da mais imperceptível hesitação. A bem da verdade, eu até gostei dele, por ter feito a oferta, por aquela pequena vitória da decência social sobre a casta, mas recusei o cigarro.

"Posso ver os seus fósforos?", a sra. Silsburn disse, numa voz extremamente acanhada, quase infantil.

"Esses aqui?", disse o Tenente. Ele entregou prontamente a caixinha de fósforos para a sra. Silsburn.

Enquanto eu ficava olhando com uma expressão de fascínio, a sra. Silsburn examinou a caixinha. Na parte externa, em letras douradas sobre fundo carmesim, estavam impressas as palavras "Estes Fósforos Foram Roubados da Casa de Bob e Edie Burwick". "Que *amor*", a sra. Silsburn disse, sacudindo a cabeça. "Um amor mesmo." Eu tentei demonstrar pela minha expressão que talvez não conseguisse ler o texto sem óculos; cerrei os olhos, de maneira neutra. A sra. Silsburn pareceu relutar para devolver a caixinha ao proprietário. Quando o fez, e o Tenente pôs de novo a caixinha no bolso do peito do uniforme, ela disse, "Acho que eu nunca vi uma coisa dessas". Virada totalmente para trás, agora, em seu banquinho retrátil, ela ficou olhando com algum afeto para o bolso do peito do Tenente.

"A gente mandou fazer um monte no ano passado", o Tenente disse. "É impressionante, sabe, como isso te poupa de ficar sem fósforos."

A Dama de Honra se virou para ele — ou, na verdade, contra ele. "Não foi por *isso* que a gente mandou fazer", ela disse. Olhou para a sra. Silsburn com uma cara de sabe-como-são-os-homens e lhe disse, "Eu nem sei. Eu só achei que era bonitinho. Chinfrim, mas bonitinho até. A senhora sabe".

"É um amor. Acho que eu nunca —"

"A bem da verdade, nem é uma coisa tão original. Todo mundo tem hoje em dia", a Dama de Honra disse. "Eu peguei a ideia, pra ser sincera, da mãe e do pai da Muriel. Eles sempre tinham fósforos assim em casa." Deu uma tragada bem funda no cigarro, e enquanto ia falando, soltava a fumaça em pequenos jatos silábicos. "*Cruzes*, como eles são bacanas. Isso que *acaba* comigo nessa história toda. Assim, por que é que uma coisa dessas não acontece com as pessoas mais ordinárias do mundo, em vez de acontecer com as boazinhas? É isso que eu não entendo." Ela olhou para a sra. Silsburn, em busca de uma resposta.

A sra. Silsburn sorriu de maneira ao mesmo tempo sofisticada, resignada e enigmática — o sorriso, na minha lembrança, de uma espécie de Mona Lisa do banquinho retrátil. "Eu vivo me perguntando", ela refletiu em voz bem baixa. Então mencionou, de modo algo ambíguo, "A mãe da Muriel é a irmã caçula do meu falecido esposo, você sabe".

"Ah!", a Dama de Honra disse interessada. "Bom, então, *a senhora sabe*." Ela estendeu um braço esquerdo incrivelmente longo e bateu as cinzas do cigarro no cinzeiro que ficava sob a janela do marido. "Eu acho, sinceramente, que ela é uma das poucas pessoas brilhantes de verdade que eu conheci na vida. Assim, ela leu praticamente tudo que alguém já publicou. Credo, se eu tivesse lido só um décimo do que aquela mulher já leu, e esque*ci*do, eu ficava era feliz. Assim, ela deu *aulas*, trabalhou num jor*nal*, desenha as próprias *roupas*, faz tudinho dentro de *casa*. Ela cozinha que nem uma *deusa*. Cruzes! Eu acho, sinceramente, que ela é a pessoa mais marav—"

"Ela aprovava o casamento?", a sra. Silsburn interrompeu. "Assim, eu estou perguntando porque fiquei semanas e semanas em Detroit. A minha cunhada faleceu repentinamente, e eu —"

"Ela é boazinha demais pra falar", a Dama de Honra disse, sem se alterar. Sacudiu a cabeça. "Assim, ela é — a senhora sabe — dis*cre*ta demais e tal." Ela refletiu. "A bem da verdade, hoje de manhã foi a única vez que eu ouvi ela dar um pio sobre isso tudo, no fundo. E, também, foi só porque ela estava transtornada daquele jeito por causa da coitadinha da Muriel." Estendeu o braço e bateu de novo as cinzas do cigarro.

"O que foi que ela disse hoje de manhã?", a sra. Silsburn perguntou com avidez.

A Dama de Honra pareceu refletir por um segundo. "Bom, nada de mais, no fundo", ela disse. "Assim, nada mesquinho nem ofen*si*vo nem nada parecido. Ela só disse, no fundo, foi que o tal do Seymour, na opinião dela, era um homossexual latente, e que ele basicamente tinha medo de casar. Assim, ela não falou com maldade nem nada. Ela só falou — a senhora sabe — de um jeito inteligente. Assim, ela frequentou um psicanalista por anos e anos." A Dama de Honra olhou para a sra. Silsburn. "Isso não é *segredo* nem nada. Assim, a própria sra. Fedder fala disso, então eu não estou entregando nenhum segredo nem nada."

"Eu sei", a sra. Silsburn disse rápido. "Ela é a última pessoa do —"

"Assim, o negócio é que", a Dama de Honra disse, "ela não é o tipo de pessoa que vem me dizer uma coisa dessas sem saber direitinho do que está falando. E ela nunca, mas nunca ia ter dito, pra *começo* de conversa, se a coitada da Muriel não estivesse tão — a senhora sabe — tão derrubada e tudo mais." Ela sacudiu a cabeça de maneira lúgubre. "Cruzes, a senhora tinha que ter visto a coitadinha."

Eu deveria, sem dúvida, fazer uma pausa aqui para descrever a minha reação geral ao conteúdo do que a Dama de Honra estava dizendo. Mas até prefiro deixar passar, por enquanto, se a leitora tiver paciência.

"O que mais que ela disse?", a sra. Silsburn perguntou. "A Rhea. Ela disse mais alguma coisa?" Eu não olhei para ela — não conseguia tirar os olhos do rosto da Dama de Honra —, mas tive a fugaz e despropositada impressão de que a sra. Silsburn estava praticamente sentada no colo da narradora principal.

"Não. Não muito. Quase nada." A Dama de Honra, refletindo, sacudiu a cabeça. "Assim, como eu disse, ela não teria dito *nada* — com gente em volta e tal — se a coitada da Muriel não estivesse tão acabada." Ela bateu de novo as cinzas do cigarro. "Praticamente a única coisa que ela disse, fora isso, foi que o tal do Seymour era uma personalidade muito esquizoide e que, se você pensasse direitinho, no fundo foi melhor pra Muriel que as coisas tenham acabado desse jeito. O que faz sentido pra *mim*, mas eu não sei bem se faz pra Muriel. Ele é tão *cavalo* com ela que a coitada nem entende mais nada. É isso que me deixa tão —"

Ela foi interrompida nesse momento. Por mim. Na minha lembrança, eu estava com a voz trêmula, como sempre fica quando estou imensamente transtornado.

"O que fez a sra. Fedder chegar à conclusão de que o Seymour é homossexual latente e tem personalidade esquizoide?"

Todos os olhares — todos os holofotes, parecia —, os da Dama de Honra, da sra. Silsburn e até do Tenente, abruptamente convergiram para mim. "O quê?", a Dama de Honra me disse, cortante, de modo vagamente hostil. E de novo eu tive uma vaga e abrasiva noção de que ela sabia que eu era irmão do Seymour.

"O que leva a sra. Fedder a pensar que o Seymour é um homossexual latente e tem personalidade esquizoide?"

A Dama de Honra olhou para mim e depois deu uma fungada muito eloquente. Ela se virou e recorreu à sra. Silsburn com o máximo possível de ironia. "A senhora chamaria de *normal* uma pessoa que gerou a ceninha de hoje?" Ergueu as sobrancelhas e ficou esperando. "Chamaria?", ela perguntou muito, mas muito baixinho. "Seja honesta. Eu estou só perguntando. Pra iluminar o cavalheiro aqui."

A resposta da sra. Silsburn foi toda delicadeza e imparcialidade. "Não, claro que não chamaria", ela disse.

Eu tive um súbito e violento impulso de saltar do carro e sair correndo, em qualquer direção. Na minha lembrança, no entanto, eu ainda estava no meu banquinho retrátil quando a Dama de Honra se dirigiu novamente a mim. "Olha", ela disse, no tom de voz pretensamente calmo que uma professora poderia adotar com uma criança que não somente é retardada, mas ainda fica o tempo todo com o nariz escorrendo de um jeito nojento. "Não sei o quanto você sabe do ser humano. Mas que tipo de homem, bom da cabeça, na noite da véspera de casar não deixa a noiva ir dormir de tanto ficar tagarelando que está *feliz* demais pra casar e que ela vai ter que *adiar* o casamento até ele estar mais *estável* senão ele não vai poder aparecer? *Aí*, quando a noiva explica como se ele fosse uma *criancinha* que tudo está combinado e planejado há meses, e que o pai dela gastou pilhas de dinheiro e teve um trabalho imenso e tal pra organizar uma recepção e tudo mais, e que os parentes e os amigos dela estão vindo de tudo quanto é canto do *país* — *aí*, depois dela explicar isso tudo, ele diz que sente muitíssimo mas que não pode casar enquanto não estiver menos *feliz* ou sei lá que loucura. Use a cabeça, agora, se não for pedir demais. Isso parece coisa de uma pessoa *normal*? Parece coisa de alguém bom da cabeça?" A voz dela agora estava muito aguda. "Ou parece coisa de alguém que devia estar de camisa de força?" Ela olhou para mim com muita severidade, e quando eu não me manifestei imediatamente em defesa ou me rendendo, se recostou pesadamente no banco e disse ao marido, "Me dá outro cigarro, por favor. Isso aqui vai acabar me queimando". Ela lhe passou a ponta em chamas, que ele apagou para ela. Ele então sacou de novo o maço de cigarros. "Acenda você", ela disse. "Eu não tenho energia."

A sra. Silsburn pigarreou. "Na minha opinião", ela disse, "acabou sendo uma bênção as coisas terem —"

"E a *senhora*, o que acha?", a Dama de Honra lhe disse com ímpeto renovado, aceitando ao mesmo tempo um cigarro que o marido acabava de acender. "Parece coisa de uma pessoa normal — de um *homem* normal — na sua opinião? Ou parece alguém que ou nunca *cresceu* ou é simplesmente algum tipo maluco de doido varrido?"

"Santa Madre. Eu não sei o que dizer, de verdade. Na minha opinião parece que foi uma bênção que as —"

A Dama de Honra subitamente se pôs na beira do banco, alerta, soltando fumaça pelas narinas. "Muito bem, esqueça, deixe isso de lado um minuto — eu não preciso disso", ela falou. Estava se dirigindo à sra. Silsburn, mas na verdade se dirigia a mim através do rosto da sra. Silsburn, por assim dizer. "A senhora já viu —— num filme?", ela perguntou.

O nome que ela mencionou era o nome profissional de uma atriz-cantora algo conhecida naquele momento — e hoje, em 1955, bastante conhecida.

"Vi", disse a sra. Silsburn com rapidez e interesse, e ficou esperando.

A Dama de Honra concordou com um aceno da cabeça. "Muito bem", ela falou. "A senhora já notou, por acaso, que ela sorri meio torto? Assim, meio só com um lado do rosto? É bem perceptível se você —"

"*Percebi* — eu percebi sim!", a sra. Silsburn disse.

A Dama de Honra tragou o cigarro e deu uma espiada — quase imperceptível — na minha direção. "Bom, aquilo é um tipo de parali*sia* parcial", ela disse, soltando uma pequena rajada fumarenta com cada palavra. "E a senhora sabe como é que ela ficou desse jeito? Parece que esse tal de Seymour, tão *normal*, deu um tabefe nela e a moça levou nove pontos no rosto." Ela estendeu o braço (na falta, quem sabe, de uma rubrica cênica melhor) e bateu de novo as cinzas.

"Posso saber onde foi que você ouviu essa história?", eu disse. Meus lábios estavam tremendo ligeiramente, como dois idiotas.

"Pode", ela disse, olhando para a sra. Silsburn e não para mim. "A mãe da Muriel por acaso mencionou essa história faz duas horas, enquanto a Muriel chorava até não poder mais." Olhou para mim. "Isso responde a sua pergunta?" Abruptamente passou o buquê de gardênias da mão direita para a esquerda. Era a coisa mais parecida com um gesto nervoso que eu já tinha visto nela.

"Só pro seu governo, aliás", ela disse, olhando para mim, "sabe quem eu acho que você é? Eu acho que você é o irmão desse tal de Seymour." Esperou, um quase nada, e quando eu não abri a boca: "Você é *parecido* com ele, naquela foto maluca, e por acaso eu sei que ele vinha ao casamento. A irmã ou sei lá quem disse pra Muriel". O olhar dela estava fixamente preso no meu rosto. "É ou não é?", perguntou rispidamente.

Minha voz há de ter soado um pouquinho combalida quando respondi. "Sou", eu disse. Meu rosto estava pegando fogo. De certa forma, no entanto, tive uma noção infinitamente menos esfiapada de autoidentificação do que em qualquer momento depois de descer do trem naquela tarde.

"Eu *sabia* que era", a Dama de Honra disse. "Eu não sou imbe*cil*, sabe. Eu soube na horinha que você entrou no carro." Ela se virou para o marido. "Eu não falei que ele era o irmão na horinha que ele entrou no carro? Não falei?"

O Tenente alterou um quase nada sua posição no banco. "Bom, você falou que ele provavelmente — falou, você falou sim", ele disse. "Falou sim."

Não era necessário olhar para a sra. Silsburn para perceber a atenção com que ela recebeu essa novidade. Eu dei uma espiada num ponto atrás dela, furtivamente, para ver o quinto passageiro — o velhote minúsculo — e confirmar se sua insularidade continuava intacta. Continuava. Jamais a indiferença de uma pessoa me consolou tão profundamente.

A Dama de Honra voltou à carga. "Pro seu governo, eu também sei que o seu irmão não tem nada de quiropo*dis*ta. Então não me venha com gracinhas. Eu por acaso sei muito bem que ele foi o Billy Black no *É uma Sábia Criança* por coisa de cinquenta *anos* ou sei lá o quê."

A sra. Silsburn repentinamente se engajou de maneira mais ativa na conversa. "O programa de rádio?", ela inquiriu, e eu senti que me olhava com um interesse renovado, mais agudo.

A Dama de Honra não respondeu. "E *você* era quem?", ela me disse. "*Georgie* Black?" A combinação de grosseria e curiosidade na voz dela era interessante, por mais que não fosse exatamente sedutora.

"Georgie Black era o meu irmão Walt", eu disse, respondendo apenas a segunda pergunta dela.

Ela se virou para a sra. Silsburn. "Parece que a coisa toda é meio *secreta* ou sei lá o quê, mas esse sujeito aqui e o irmão dele, o tal do *Sey*mour, fizeram esse programa de rádio com uns nomes fajutos ou sei lá o quê. Os irmãos *Black*."

"Calma lá, querida, calma lá", o Tenente sugeriu, um tanto nervoso.

A esposa se virou para ele. "Eu *não* vou ficar calma", ela disse — e mais uma vez, em oposição a toda e qualquer inclinação natural, eu senti uma pequena dose de algo que bem parecia admiração pelo brio daquela mulher, real ou impostado que fosse. "Dizem que o irmão dele é inteli*gen*te, meu Deus do céu", ela falou. "Universitário aos *catorze* ou sei lá o quê, e coisas assim. Se o que ele fez com aquela menina hoje é inteligente, eu sou Mahatma Gandhi! Eu não quero nem saber. Isso só me dá engulhos!"

Nesse exato momento, eu senti uma pontadinha extra de desconforto. Alguém estava examinando muito de perto o lado esquerdo, o mais fraco, do meu rosto. Era a sra. Silsburn. Ela se assustou um pouco quando eu me virei subitamente para ela. "Posso perguntar se você era Buddy Black?", ela disse, e um certo tom de deferência naquela voz me fez pensar, por uma fração de segundo, que ela estava prestes a me oferecer uma caneta-tinteiro e um pequeno álbum de autógrafos encadernado em marroquim. Essa ideia vaga me deixou nitidamente incomodado — levando-se em consideração, no mínimo, o fato de que nós estávamos em 1942, uns nove ou dez anos depois do meu apogeu comercial. "Eu estou perguntando", ela disse, "porque o meu marido ouvia aquele programa, sem falha, todo santo —"

"Se a senhora quer saber", a Dama de Honra a interrompeu, olhando para mim, "era o único programa que eu absolutamente odiava. Eu odeio criança precoce. Se um dia eu tivesse um filho assim —"

O fim da sua frase não chegou até nós. Ela foi interrompida, de modo repentino e inequívoco, pelo mais penetrante, mais ensurdecedor e *impuro* berro em mi bemol que eu já ouvi. Todos nós ali no carro, tenho certeza, literalmente demos um pulo. Naquele momento, uma fanfarra, composta do que parecia ser uma centena, ou mais, de Escoteiros do Mar sem ouvido musical passava por nós. Com o que parecia ser um deleite quase criminoso, os rapazes estavam mergulhando de cabeça em "The Stars and Stripes Forever". A sra. Silsburn, muito ajuizadamente, tapou as orelhas com as mãos.

Por uma eternidade de segundos, pareceu, o estardalhaço foi quase inacreditável. Apenas a voz da Dama de Honra poderia ter sido capaz de se destacar ali — ou, a bem da verdade, de sequer tentar. E quando o fez, era de imaginar que se dirigia a nós, obviamente aos gritos, de alguma grande distância, de algum ponto, possivelmente, nas redondezas das arquibancadas do Yankee Stadium.

"Eu não aguento!", ela disse. "Vamos sair daqui e encontrar um *telefone*! Eu tenho que ligar pra Muriel e dizer que a gente atrasou! Ela vai ficar maluca!"

Com a chegada desse Armagedom local, a sra. Silsburn e eu tínhamos virado para a frente para ver. Agora nos viramos de novo para encarar a Líder. E, possivelmente, nossa libertadora.

"Tem um Schrafft's na rua 79!", ela berrou para a sra. Silsburn. "Vamos tomar um *refrigerante*, e eu posso *ligar* de lá! Pelo menos vai ter ar condicionado!"

A sra. Silsburn concordou entusiasmada com um gesto da cabeça e fez a mímica de um "Vamos!" com a boca.

"Você venha também!", a Dama de Honra gritou para mim.

Com uma espontaneidade *muito* peculiar, pelo que eu lembro, eu lhe respondi gritando a extravagante palavra "Certo!". (Não é fácil, até hoje, compreender o fato da Dama de Honra ter me incluído no seu convite de abandonar a embarcação. Ele pode ter sido simplesmente inspirado pela noção natural de organização de uma líder nata. Ela pode ter sentido alguma necessidade interior, distante mas compulsiva, de manter completo seu grupo de desertores... Já a minha aceitação singularmente imediata do convite me parece muito mais fácil de explicar. Prefiro pensar que se tratou basicamente de um impulso religioso. Em certos mosteiros zen, é uma regra cardeal, conquanto não seja a única disciplina exigida, que quando um monge grita "Oi!" para outro, este deve responder "Oi!" sem pensar.)

A Dama de Honra então se virou e, pela primeira vez, dirigiu-se ao minúsculo velhote a seu lado. Para minha infinita satisfação, ele ainda olhava fixamente em frente, como se sua paisagem particular não tivesse se alterado em nada. Seu charuto cubano apagado ainda estava firmemente preso entre dois dedos. Levando-se em conta sua aparente ignorância do tremendo estardalhaço que a passagem da fanfarra causava e, possivelmente, a lúgubre perspectiva de que todos os velhos de mais de oitenta anos devem ser ou surdos como uma porta ou quase isso, a Dama de Honra chegou com os lábios a cerca de dois ou três centímetros da sua orelha esquerda. "A gente vai descer do carro!", ela gritou para ele — ela gritou quase dentro dele. "A gente vai achar um *telefone*, e quem sabe tomar algum refresco! O senhor quer vir com a gente?"

A reação do velhote foi praticamente um triunfo. Ele olhou primeiro para a Dama de Honra, depois para nós todos, e então sorriu. Foi um sorriso não menos resplendente por não fazer sentido algum. Nem pelo fato de que seus dentes eram óbvia, linda e transcendentalmente postiços. Ele olhou para a Dama de Honra por um momento com uma expressão inquisitiva e seu sorriso maravilhosamente intacto. Ou, melhor, ele parecia achar que ela olhava *por* ele — como se, pensei, ele acreditasse que a Dama de Honra, ou outro de nós, tivesse belos planos de passar-lhe uma cesta de piquenique.

"Acho que ele não te ouviu, querida!", o Tenente gritou.

A Dama de Honra concordou com um gesto da cabeça, e uma vez mais levou o megafone da sua boca para perto da orelha do velho. Com um volume realmente digno de elogios, ela repetiu seu convite para que o velho abandonasse o carro conosco. Uma vez mais, ao que tudo indicava, o velho parecia mais do que inclinado a aceitar qualquer sugestão neste mundo — possivelmente sem descontar a ideia de ir dar um mergulhinho no East River. Mas de novo, também, você ficava com a incômoda convicção de que ele não tinha ouvido nada do que lhe foi dito. Abruptamente, ele provou que era verdade. Com um sorriso imenso dirigido a todos nós, coletivamente, ele levantou a mão que segurava o charuto e, com um dedo, tocou significativamente primeiro a boca, depois a orelha. O gesto, como feito por *ele*, parecia ligado a alguma piada do mais alto nível de qualidade, que ele tinha toda a intenção de dividir conosco.

Naquele momento, a sra. Silsburn, a meu lado, deu um pequeno sinal visível — quase um sobressalto — de compreensão. Ela tocou o cetim cor-de-rosa do braço da Dama de Honra e gritou, "Eu sei quem ele é! Ele é surdo-mudo! Ele é o tio do pai da Muriel!".

Os lábios da Dama de Honra formaram a palavra "Ah!". Ela girou bruscamente no banco, dirigindo-se ao marido. "Você tem lápis e papel?", urrou para ele.

Eu toquei o braço dela e gritei que *eu* tinha. Apressado —
quase, na verdade, por algum motivo, como se o tempo estivesse acabando para todos nós —, tirei do bolso interno do casaco um bloquinho e um toco de lápis que tinha recentemente
requisitado na gaveta de uma escrivaninha da Sala do Ordenança em Fort Benning.

De modo algo exageradamente legível, eu escrevi numa folha de papel, "Nós estamos presos aqui por causa do desfile.
Vamos procurar um telefone e beber alguma coisa gelada. O senhor quer vir?". Dobrei a folha ao meio, então passei para a
Dama de Honra, que abriu, leu e então entregou para o velhote
minúsculo. Ele leu, sorrindo, e então olhou para mim e balan-
çou a cabeça para cima e para baixo inúmeras vezes, com veemência. Por um momento achei que essa era a totalidade, mais
que eloquente, de sua resposta, mas ele subitamente me fez
um gesto com a mão, e percebi que queria que eu lhe passasse
o bloco e o lápis. Passei — sem olhar para a Dama de Honra,
de quem emanavam grandiosas ondas de impaciência. O velho acomodou o bloco e o lápis no colo com o maior cuidado,
então ficou um momento sentado, lápis a postos, nitidamente
concentrado, sorriso diminuído um quase nada. Então o lápis
começou, de modo muito hesitante, a se mover. Cortou-se
um "t". E então tanto o bloco quanto o lápis foram devolvidos
diretamente a mim, com um balanço extra da cabeça, adora-
velmente cordial. Ele tinha escrito, com letras ainda um tanto
inseguras, apenas a palavra "Encantado". A Dama de Honra,
lendo por cima do meu ombro, fez um som que parecia vagamente uma bufada, mas eu rapidamente olhei para o grande
escritor e tentei demonstrar pela minha expressão que nós todos ali no carro reconhecíamos um poema quando víamos um
e que estávamos agradecidos.

Um por um, então, pelas duas portas, nós todos descemos do
carro — desembarcamos, por assim dizer, no meio da avenida

Madison, num mar de macadames quentes, gosmentos. O Tenente ficou para trás um segundo para informar o chofer a respeito do nosso motim. Como eu lembro muitíssimo bem, a fanfarra ainda passava infinitamente, e o estardalhaço não tinha diminuído nem um pouco.

A Dama de Honra e a sra. Silsburn iam abrindo caminho para o Schrafft's. Elas caminhavam como uma dupla — quase como batedoras na trilha — rumo sul pela calçada leste da avenida Madison. Ao terminar de relatar as circunstâncias ao chofer, o Tenente juntou-se a elas. Ou quase. Ficou um pouco para trás, a fim de puxar a carteira com discrição e verificar, aparentemente, quanto dinheiro tinha trazido.

O tio do pai da noiva e eu fechávamos o cortejo. Fosse por ele ter percebido que eu era seu amigo, fosse simplesmente por eu ser o proprietário de um bloco e de um lápis, ele menos gravitou para ela do que galgou uma posição a meu lado na caminhada. O topo do topo de sua linda cartola não chegava direito à altura do meu ombro. Estabeleci para nós dois um passo comparativamente lento, em respeito ao comprimento das pernas dele. Percorrida uma quadra, mais ou menos, já estávamos bem distantes dos outros. Não acho que isso tenha sido um incômodo para qualquer um de nós. Ocasionalmente, eu lembro, enquanto seguíamos em frente, meu amigo e eu olhávamos de cima a baixo um para o outro, e trocávamos expressões idiotas de prazer por estarmos em boa companhia.

Quando meu companheiro e eu chegamos à porta giratória do Schrafft's da rua 79, a Dama de Honra, seu marido e a sra. Silsburn já estavam ali havia alguns minutos. Estavam esperando, pensei, como um trio consolidado de maneira algo inflexível. Estavam conversando, mas pararam quando nossa duplinha de dissidentes se aproximou. No carro, poucos minutos antes, quando a fanfarra passava tonitruante, um incômodo em comum, quase uma angústia em comum, dera ao nosso pequeno grupo a aparência de uma aliança — do tipo que pode ser temporariamente estabelecida entre turistas que seguem um guia Cook's e se veem sob um temporal pesado em Pompeia. Inequivocamente, quando o velhote minúsculo e eu chegamos à porta giratória do Schrafft's, a tempestade tinha cessado. A Dama de Honra e eu trocamos expressões de quem se reconhece, não de quem se cumprimenta. "Está fechado para reforma", ela declarou friamente, olhando para mim. De maneira não oficial mas inquestionável, ela estava novamente me marcando como carta fora do baralho, e naquele momento, por algum motivo que nem vale a pena investigar, eu tive a mais profunda sensação de isolamento e solidão de todo aquele dia. Quase simultaneamente, bem vale registrar, minha tosse despertou novamente. Saquei meu lenço do bolso de trás das calças. A Dama de Honra se virou para a sra. Silsburn e o marido. "Tem um Longchamps em al*gum* lugar por aqui", ela disse, "mas não sei onde."

"Nem eu", a sra. Silsburn disse. Ela parecia muito perto de chorar. Tanto na testa quanto em seu lábio superior, a transpiração aparecia mesmo através daquela maquiagem pesada. Ela carregava uma bolsa preta de couro debaixo do braço esquerdo. Segurava a bolsa como se fosse uma boneca preferida, e como se ela mesma fosse uma versão experimentalmente coberta de ruge e pó de arroz, e muito infeliz, de uma criança que fugiu de casa.

"Nós não vamos conseguir um táxi, nem que a vaca tussa", o Tenente disse pessimista. Ele também não estava com a melhor das aparências. Seu quepe de "ás voador" parecia quase cruelmente dissonante naquele rosto pálido, gotejante, de aspecto absolutamente trépido, e lembro de ter tido um impulso de arrancar aquilo da cabeça dele com um tapa, ou de pelo menos deixar o quepe mais reto, numa posição menos enviesada — o mesmo impulso, em seus motivos gerais, que você às vezes sente numa festa infantil, onde invariavelmente há uma criancinha pequena, extremamente feiosa, com um chapéu de papel que lhe amassa uma ou ambas as orelhas.

"Meu Deus, que dia!", a Dama de Honra disse em nome de todos nós. Sua tiara de flores artificiais estava um tanto torta, e ela, molhada, mas, pensei, a única coisa realmente destrutível nela era o seu apêndice mais remoto, digamos assim — o buquê de gardênias. Ela ainda o mantinha, distraída, vá lá, na mão. Ele nitidamente não vinha suportando bem nossas agruras. "O que é que a gente vai *fazer*?", ela perguntou, algo descontrolada para seus padrões. "A gente não pode ir *a pé*. Eles moram praticamente em *River*dale. Alguém tem uma ideia brilhante?" Ela olhou primeiro para a sra. Silsburn, depois para o marido — e então, possivelmente em desespero, para mim.

"Eu tenho um apartamento aqui perto", eu disse súbita e nervosamente. "Fica a uma quadra daqui, pra falar a verdade." Tenho a impressão de ter fornecido essa informação um tantinho acima do volume normal. Posso até ter gritado, pelo que eu lembro. "É meu e do meu irmão. A minha irmã está ficando lá enquanto nós estamos servindo, mas agora ela não está lá. Ela está na marinha, e está viajando no momento." Olhei para a Dama de Honra — ou para algum ponto logo acima da cabeça dela. "Você pode pelo menos usar o telefone, se quiser", eu disse. "E tem ar-condicionado no apartamento. A gente pode se refrescar um minuto e tomar fôlego."

Quando o primeiro choque do convite tinha passado, a Dama de Honra, a sra. Silsburn e o Tenente se consultaram mutuamente, apenas com os olhos, mas não havia sinal de que um veredito estivesse no horizonte. A Dama de Honra foi a primeira a tomar alguma iniciativa. Ela ficou olhando — em vão — para os outros dois em busca de alguma opinião. Virou para mim e falou, "Por acaso você disse que tem telefone?".

"Disse sim. A não ser que a minha irmã tenha mandado desligar a linha por alguma razão, e eu nem imagino por que ela faria uma coisa dessas."

"Como é que a gente sabe que o seu *irmão* não vai estar lá?", a Dama de Honra disse.

Era um pequeno detalhe que não tinha passado pela minha cabeça superaquecida. "Acho que não vai estar", eu disse. "Ele *pode* estar — o apartamento é dele também —, mas não acho que esteja. Não mesmo."

A Dama de Honra ficou me encarando, abertamente, por um momento — e de um jeito que nem era rude, para variar, a não ser que o jeito de uma criancinha encarar seja rude. Então ela se virou de novo para o marido e para a sra. Silsburn, e disse, "Até pode ser. Pelo menos a gente pode usar o telefone". Eles concordaram com um gesto da cabeça. A sra. Silsburn, na verdade, chegou ao ponto de recordar o que seu código de etiqueta dizia a respeito de convites feitos na frente do Schrafft's. Do outro lado daquela película bronzeada de maquiagem, o esboço de um sorriso à la Emily Post deu sinal de vida. E foi muito bem recebido, pelo que eu lembro. "Anda, pessoal, vamos sair desse *sol*", nossa líder declarou. "O que é que eu faço com *isso* aqui?" Ela não ficou esperando a resposta. Foi até o meio-fio e sem sentimentalismo algum abandonou o peso morto que era seu murcho buquê de gardênias. "Ok, em frente, que atrás vem gente", ela me disse. "Pode ir mostrando o caminho. E eu só posso lhe dizer que é melhor que ele *não* esteja lá quando a gente chegar, porque senão eu vou matar o desgraçado." Ela olhou para a sra. Silsburn. "Desculpa a boca suja — mas é sério."

Como instruído, eu puxei a fila, quase feliz. Um instante depois, uma cartola se materializou no ar a meu lado, consideravelmente abaixo e à esquerda, e meu comparsa especial e apenas tecnicamente não oficial sorriu para mim — por um momento eu cheguei até a pensar que ele ia segurar a minha mão.

***

Meus três convidados e meu único amigo ficaram esperando no corredor enquanto eu vistoriava rapidamente o apartamento.

As janelas estavam todas fechadas, os dois aparelhos de ar condicionado estavam na posição "Desligado", e quando você respirava pela primeira vez era mais ou menos como meter o nariz bem no fundo do bolso de um velho casaco de pele de guaxinim. O único som em todo o apartamento era o ronronar meio trêmulo da idosa geladeira que eu e o Seymour tínhamos comprado usada. A minha irmã Boo Boo, à sua maneira feminina e naval, tinha deixado a geladeira ligada. Havia, na verdade, por todo o apartamento uma série de pequenos sinais de desalinho que atestavam que uma navegadora tinha assumido o controle do local. Uma bela jaqueta, pequena, azul-marinho, de alferes, estava jogada, com o forro virado para baixo, no sofá. Uma caixa de bombons Louis Sherry — meio vazia e com os bombons não consumidos todos mais ou menos comprimidos experimentalmente — estava aberta sobre a mesinha de centro, diante do sofá. Num porta-retratos sobre a escrivaninha, uma foto de um rapaz de aparência para lá de resoluta, que eu nunca tinha visto na vida. E todos os cinzeiros à vista estavam em plena floração de lencinhos de papel amassados e bitucas de cigarro com batom. Eu não entrei na cozinha, no quarto e no banheiro, a não ser para abrir as portas e dar uma rápida olhada para ver se o Seymour não estava por ali. O primeiro motivo foi que eu estava me sentindo desanimado e preguiçoso. O segundo, que eu tive com que me ocupar, erguendo persianas, ligando aparelhos de ar condicionado, esvaziando cinzeiros cheios. Além disso, os outros membros do grupo entraram quase imediatamente sem nem dar aviso. "Está mais quente aqui do que estava na rua", a Dama de Honra disse, à guisa de cumprimento, ao entrar a passo firme.

"Eu já vou conversar com vocês", eu disse. "Não estou conseguindo fazer esse ar-condicionado funcionar." Parecia que o botão estava preso, na verdade, e eu estava ocupado lidando com ele.

Enquanto eu mexia no botão do ar-condicionado — ainda com o quepe na cabeça, pelo que eu lembro — os outros circulavam pela sala com certo ar de suspeita. Fiquei observando de canto de olho. O Tenente foi até a escrivaninha e ficou ali parado olhando um pedaço de menos de meio metro quadrado da parede logo acima do móvel, onde eu e meu irmão, por motivos sentimentais e orgulhosos, tínhamos pregado com tachinhas diversas fotografias de tamanho médio. A sra. Silsburn sentou — inevitavelmente, pensei — na única poltrona da sala em que o meu falecido boston terrier gostava de dormir; seus braços, estofados de um veludo sujo, tinham sido totalmente babados e mascados durante vários pesadelos. O tio do pai da noiva — meu grande amigo — parecia ter desaparecido completamente. A Dama de Honra, também, parecia repentinamente estar em algum outro lugar. "Eu já ajeito alguma coisa pra vocês beberem", eu disse agitado, ainda tentando forçar o botão do ar-condicionado.

"Eu não ia reclamar de uma bebida gelada", disse uma voz mais que conhecida. Eu me virei completamente para trás e vi que ela estava estendida no sofá, o que explicava seu perceptível desaparecimento do plano vertical. "Eu já vou usar o telefone", ela me informou. "Não ia nem conseguir abrir a boca pra falar no telefone, nestas condições, de tão estorricada que eu estou. Eu estou com a *língua* tão seca."

O ar-condicionado abruptamente zuniu, começando a funcionar, e eu fui até o meio da sala, para o espaço entre o sofá e a poltrona em que a sra. Silsburn estava sentada. "Não sei o que tem pra beber", eu disse. "Eu não fui olhar na geladeira, mas imagino que —"

"Traga qual*quer* coisa", a eterna porta-voz me interrompeu, no sofá. "Mas que seja líquido. E ge*la*do." Ela estava apoiando o salto dos sapatos na manga da jaqueta da minha irmã. Tinha as mãos postas sobre o peito. Uma almofada embolada lhe apoiava a cabeça. "Ponha gelo, se você tiver", ela disse, e fechou os olhos. Eu baixei os olhos para ela por um instante muito breve, mas homicida, então me curvei e, com todo o tato possível, fui tirando a jaqueta de Boo Boo de sob os pés dela. Eu ia saindo da sala para cuidar dos meus afazeres de anfitrião, mas assim que dei um passo o Tenente se fez ouvir, lá da escrivaninha.

"Ondé que você arranja essas fotos?", ele disse.

Eu fui direto até ele. Ainda estava com meu quepe de soldado, grande demais. Não tinha me ocorrido tirar. Parei ao lado dele, diante da escrivaninha, e no entanto um pouco para trás, e olhei para as fotografias na parede. Disse que eram na maioria retratos antigos das crianças que participaram do *É uma Sábia Criança* nos tempos em que eu e o Seymour estávamos no programa.

O Tenente olhou para mim. "E era o quê?", ele disse. "Nunca ouvi falar. Era um daqueles programas de perguntas, com crianças? Pergunta e resposta e tal e coisa?" Inconfundível, um leve tom de patente militar tinha se insinuado, silente mas insidioso, na sua voz. Ele também parecia estar olhando minha cobertura.

Eu tirei o quepe, e disse, "Não, não exatamente". Certo volume de orgulho familiar baixo foi subitamente evocado. "Isso foi *antes* do meu irmão Seymour ir ao ar. E de certa forma voltou a isso depois que ele saiu. Mas ele na verdade mudou o formato todo. Ele transformou o programa numa espécie de mesa-redonda com crianças."

O Tenente me olhava com, pensei, um interesse algo excessivo. "Você também participou?", ele disse.

"Participei."

A Dama de Honra falou, lá do outro lado do cômodo, de dentro do invisível e empoeirado recôndito do sofá. "Queria só ver um dos *meus* filhos entrar num desses programas malucos", ela disse. "Ou virar *ator*. Qualquer coisa dessas. Eu morria, a bem da verdade, antes de deixar algum filho meu se transformar num exibicionista público. Empena a vida toda da criança. A exposi*ção* e tudo mais, no mínimo — pode perguntar pra qualquer psiquiatra. Assim, como é que você pode ter alguma coisa que pareça uma infância nor*mal*?" A cabeça dela, coroada por uma tiara de flores agora enviesada, subitamente surgiu no horizonte. Como que destacada do corpo, ela se apoiou na passarela do encosto do sofá, encarando o Tenente e a mim. "É provavelmente esse o problema desse seu irmão", disse A Cabeça. "Assim, você leva uma vida totalmente pervertida dessas quando é pequeno, e aí lógico que nunca aprende que tem que crescer. Você nunca aprende a se relacionar com as pessoas normais e tudo mais. Era exatamente o que a sra. Fedder estava dizendo naquele quarto maluco umas horas antes. Mas exatamente. O seu irmão nunca aprendeu a se relacionar com os outros. Parece que ele só sabe é sair fazendo as pessoas precisarem levar pontos na cara. Ele é absolutamente despreparado pro casamento ou pra qual*quer* coisa minimamente normal, meu Deus do céu. A bem da verdade, foi *exatamente* isso que a sra. Fedder disse." A Cabeça então se virou apenas o suficiente para fulminar o Tenente com um olhar. "Não é mesmo, Bob? Foi ou não foi o que ela disse? Fale a verdade."

A voz a se manifestar em seguida não foi a do Tenente, mas a minha. Eu estava com a boca seca, virilha úmida. Disse que estava pouco me lixando para o que a sra. Fedder tivesse a dizer a respeito do Seymour. Ou, a bem da verdade, para o que qualquer diletante profissional ou vaca amadora tivesse a dizer. Eu disse que desde o tempo em que o Seymour tinha dez anos de idade, tudo quanto era Pensador *summa-cum-laude* e servente de banheiro masculino com pretensões intelectuais do país tentou tirar uma casquinha dele. Disse que podia ser diferente se o Seymour fosse só algum exibidinho de QI elevado. Disse que ele nunca foi de se exibir. Ele ia para a transmissão do programa, toda quarta à noite, como se estivesse a caminho do próprio enterro. Ele nem falava com você, meu Deus do céu, no caminho todo até o ônibus ou o metrô. Disse que nenhum daqueles desgraçados, de todos os críticos de quinta categoria e colunistas condescendentes, tinha conseguido enxergar o que ele era de verdade. Um poeta, meu Deus do céu. E eu estou dizendo *poeta*. Por mais que nunca tivesse escrito um único verso, ele ainda podia te fazer entender o que queria com a parte de trás da orelha se quisesse.

Parei bem nesse ponto, graças a Deus. Meu coração estava pulando adoidado, e, como quase todo hipocondríaco, eu tinha uma ligeira e ameaçadora ideia de que discursos como esse eram a verdadeira fonte dos ataques cardíacos. Até hoje, não tenho ideia de como os meus convidados reagiram ao meu rompante, àquele pequeno jorro poluído de invectivas que eu soltei para cima deles. O primeiro verdadeiro detalhe exterior de que tive consciência foi o ruído universalmente familiar dos canos. Vinha de outro ponto do apartamento. Olhei de repente pela sala, por entre e pelo meio e para além dos rostos imediatamente presentes dos meus convidados. "Cadê o velho?", perguntei. "O velhinho pequeno?" Eu estava com a maior cara de inocente do mundo.

Por mais estranho que pareça, quando veio uma resposta, ela veio do Tenente, não da Dama de Honra. "Acho que ele está no banheiro", ele disse. A declaração foi emitida com especial objetividade, proclamando que o enunciador era pessoa que não tem pruridos para mencionar fatos de higiene cotidiana.

"Ah", eu disse. Olhei de novo de maneira algo desligada para a sala. Se deliberadamente evitei ou não o terrível olhar da Dama de Honra, eu não lembro, ou nem me importa lembrar. Percebi a cartola do tio do pai da noiva no assento de uma cadeira, do outro lado da sala. Tive um impulso de dizer olá, em voz alta, para o chapéu. "Eu vou pegar umas bebidas geladas", eu disse. "Só um minutinho."

"Posso usar seu telefone?", a Dama de Honra subitamente me disse quando passei pelo sofá. Num gesto brusco ela pôs os pés no chão.

"Pode — claro que pode", eu disse. Olhei para a sra. Silsburn e para o Tenente. "Eu pensei em fazer uns Tom Collins, se eu tiver limão ou limão siciliano. Tudo bem?"

A resposta do Tenente me espantou por sua repentina simpatia. "Manda ver", ele disse, e esfregou as mãos, como um bom bebedor.

A sra. Silsburn interrompeu sua análise das fotografias na parede acima da escrivaninha para me instruir, "Se você vai fazer Tom Collins — por favor só um tiquinhozinho de nada de gim no meu. Quase um nadinha mesmo, se não for incômodo". Ela estava começando a parecer mais recuperada, mesmo no pouco tempo que tinha se passado desde que saímos da rua. Talvez, para começar, porque estivesse a meio metro do ar-condicionado que eu tinha ligado, com o ar fresco vindo na sua direção. Eu disse que ia fazer um especial para ela, e então deixei-a entre as "celebridades" menores do rádio de princípios dos anos 1930 e finais dos 1920, os muitos rostos ultrapassados da infância de Seymour, e da minha. O Tenente parecia mais que capaz de se virar sozinho na minha ausência, também; já estava se movendo, mãos atrás das costas, como um expert solitário, na direção das estantes de livros. A Dama de Honra saiu comigo da sala, bocejando ao fazê-lo — um bocejo cavernoso e audível que ela não se esforçou para suprimir ou toldar.

Enquanto a Dama de Honra ia comigo na direção do quarto, onde ficava o telefone, o tio do pai da noiva veio do outro extremo do corredor, na nossa direção. Seu rosto estava no repouso feroz que me enganou durante quase todo o tempo que passamos no carro, mas quando ele se aproximou de nós no corredor, a máscara virou do avesso; ele fez em mímica para nós as mais empolgadas saudações e cumprimentos, e eu me vi sorrindo e acenando desmesuradamente com a cabeça, em resposta. Seu cabelo branco e ralo parecia recém-penteado — quase recém-lavado, como se ele tivesse descoberto uma minúscula barbearia escondida no outro canto do apartamento. Quando passou por mim, senti um impulso de olhar por cima do ombro e, quando olhei, ele acenou para mim, vigorosamente — um amplo aceno de *bon voyage*, volte logo. Aquilo me reanimou demais. "Qual é a dele? Ele é doido?", a Dama de Honra disse. Eu disse que esperava que sim, e abri a porta do quarto.

Ela sentou pesadamente numa das camas de solteiro — a do Seymour, na verdade. O telefone estava no criado-mudo, ao alcance da mão. Eu disse que logo lhe trazia uma bebida. "Nem se incomode — eu já saio", ela disse. "Só feche a porta, por favor... Eu não estou dizendo nada, mas é que eu só consigo falar no telefone com a porta fechada." Eu lhe disse que era exatamente igual, e me dirigi à porta. Mas assim que me virei para sair do espaço entre as duas camas, percebi uma pequena valise dobrável de lona sobre o assento que ficava junto da janela. Logo de cara, achei que fosse a minha, que tinha chegado por milagre até o apartamento, lá da Penn Station, por iniciativa própria. Depois pensei que devia ser da Boo Boo. Fui até a valise. Estava aberta, e uma mera olhada na primeira camada do que continha me disse quem era o seu verdadeiro proprietário. Com outro olhar, mais abrangente, vi algo estendido sobre as duas regatas lavadas, algo que eu pensei que não devia ser deixado a sós com a Dama de Honra no quarto. Tirei da maleta, meti embaixo do braço, acenei fraternalmente para a Dama de Honra, que já tinha inserido um dedo no primeiro buraco do número que pretendia discar e estava só esperando que eu desaparecesse, e então fechei a porta ao sair.

Fiquei um momento parado na frente do quarto, na agradável solidão do corredor, pensando no que fazer com o diário de Seymour, que, devo me apressar em dizer, foi o objeto que peguei da primeira camada da maleta de lona. A minha primeira ideia construtiva foi esconder aquilo até os convidados terem ido embora. E me pareceu uma boa tática levar o diário para o banheiro e jogar no cesto de roupa suja. Contudo, depois de refletir melhor, e muito mais a fundo, decidi levar o diário para o banheiro, ler alguns trechos e *depois* jogar no cesto de roupa suja.

Era um dia, Deus sabe, não apenas de sinais e símbolos gritantes, mas de uma vastíssima comunicação pela palavra escrita. Se você mergulhava num carro cheio de gente, o Destino sofria o diabo para garantir, ainda antes de qualquer mergulho seu, que você estivesse com bloco e lápis, só para o caso de outro dos passageiros ser surdo-mudo. Se você entrava num banheiro, era de bom-tom verificar a existência de quaisquer pequenas mensagens, de teor apocalíptico ou não, na parede acima da pia.

Durante anos, entre os sete filhos da nossa família monobanheiro, foi nosso hábito talvez sentimental, mas útil, deixar recados um para o outro no espelho do armário da pia, usando uma lasca úmida de sabonete para escrever. O tema geral dos nossos bilhetes normalmente tendia a vigorosas advertências e, não raro, ameaças nada veladas. "Boo Boo, guarde a toalha de rosto quando acabar. Não deixe no chão. Beijo, Seymour." "Walt, tua vez de levar Z. e F. pro parquinho. Ontem fui eu. Adivinha quem." "Quarta é aniversário de casamento deles. Não vão ao cinema nem fiquem pelo estúdio depois do programa nem deem cano. Isso é com você também, Buddy." "A mãe disse que o Zooey quase comeu o Feenolax. Não deixem objetos levemente venenosos na pia onde ele alcança e pode comer." Esses, claro, eram exemplos saídos direto da nossa infância, mas anos depois, quando, em nome da independência ou sei lá mais o quê, eu e o Seymour seguimos nosso caminho e pegamos um apartamento para nós, eu e ele abandonamos apenas nominalmente o velho hábito da família. Ou seja, ninguém simplesmente jogava fora os pedacinhos velhos de sabonete.

Quando eu entrei no banheiro com o diário do Seymour debaixo do braço e cuidadosamente fechei a porta, percebi uma mensagem quase imediatamente. Não era, no entanto, a letra do Seymour, mas, inconfundível, a da minha irmã Boo Boo. Com ou sem sabonete, a letra dela sempre foi quase indecifravelmente pequena, e tinha dado conta com facilidade do seguinte recado no espelho: "Erguei bem alto a viga, carpinteiros. Qual Ares chega o noivo, em estatura, maior que os maiores. Beijo, Irving Safo, ex contratado dos Estúdios Elysium Ltd. Por favor seja feliz feliz *feliz* com a tua linda Muriel. Isso é uma ordem. Minha patente é maior que a de todo mundo nesta quadra". A redatora citada ali, devo mencionar, sempre foi uma das preferidas — com os intervalos de tempo devidamente escalonados — de todos os filhos da nossa família, em grande medida devido ao imensurável impacto do gosto poético de Seymour sobre todos nós. Eu li e reli a citação, e então sentei na borda da banheira e abri o diário de Seymour.

O que se segue é uma reprodução precisa das páginas do diário de Seymour que eu li sentado na borda da banheira. Por mim, parece perfeitamente organizado não colocar datas individuais. Digamos apenas, na minha opinião, que todas essas entradas foram redigidas enquanto ele estava acantonado em

Fort Monmouth, entre o final de 1941 e o princípio de 1942, vários meses antes de ser marcada a data do casamento.

"Estava um frio de lascar no desfile de fim de dia de hoje, e mesmo assim só no nosso pelotão uma meia dúzia de homens desmaiou durante a execução infindável de 'The Star-Spangled Banner'. Imagino que se você tiver uma circulação sanguínea normal, é impossível adotar a artificial posição militar de sentido. Especialmente se você estiver segurando um rifle de chumbo em posição de Apresentar Armas. Eu não tenho circulação, não tenho pulso. A imobilidade é meu lar. O andamento de 'The Star-Spangled Banner' e eu estamos em perfeita concórdia. Para mim, aquele ritmo é uma valsa romântica.

"Ganhamos passes até a meia-noite, depois do desfile. Fui encontrar a Muriel no Biltmore às sete. Duas bebidas, dois sanduíches de atum comprados na mercearia, depois um filme que ela queria ver, um com o Greer Garson. Olhei várias vezes para ela no escuro quando o avião do filho do Greer Garson tinha desaparecido em combate. Estava de boca aberta. Absorta, preocupada. A identificação com a tragédia da Metro-Goldwyn-Mayer era completa. Senti respeito, devoção e felicidade. Como eu gosto e preciso daquele coraçãozinho sem juízo. Ela deu uma olhada para mim quando as crianças do filme vieram mostrar o gatinho para a mãe. M. adorou o gatinho e queria que eu adorasse. Mesmo no escuro, eu conseguia perceber que ela sentia o mesmo distanciamento de mim quando eu não adoro automaticamente o que ela adora. Depois, quando estávamos tomando alguma coisa na estação, ela me perguntou se eu não achei que o gatinho era 'bem legal'. Ela não usa mais a palavra 'fofo'. Quando foi que eu fiz ela ficar com medo do seu vocabulário normal? Chato que sou, eu mencionei a definição de R. H. Blyth para sentimentalidade: que nós somos sentimentais quando dedicamos mais ternura a alguma coisa do que Deus lhe dedica. Eu disse (peremptoriamente?) que Deus indubitavelmente adora gatinhos, mas, com grande probabilidade, não aqueles com botinhas em tecnicolor nas patas. Ele deixa esse toque criativo para os roteiristas. M. refletiu sobre isso, pareceu concordar comigo, mas o 'conhecimento' não era muito bem-vindo. Ela ficou ali sentada com os olhos na bebida e se sentindo distante de mim. Ela se preocupa com o fato de que o amor que sente por mim vai e vem, aparece e desaparece. Ela duvida da realidade dele simplesmente porque ele não é tão constantemente agradável quanto um gatinho. Deus sabe que isso *é* triste. A voz humana conspira para dessacralizar tudo sobre a Terra."

"Jantar hoje nos Fedder. Muito bom. Vitela, purê de batata, feijão-manteiga, uma linda salada verde com azeite e vinagre. De sobremesa tinha uma coisa que a própria Muriel fez: um negócio congelado de cream-cheese, com framboesas por cima. Eu fiquei com os olhos cheios de lágrimas. (Saigyo diz, 'O que é eu não sei/ Mas de gratidão/ Cacm minhas lágrimas'.) Deixaram uma garrafa de ketchup na mesa, a meu lado. Muriel aparentemente disse à sra. Fedder que eu ponho ketchup em tudo. Eu daria tudo pra ver a M. contando defensivamente para a mãe que eu ponho ketchup até em vagens. Minha menina preciosa.

"Depois do jantar a sra. Fedder sugeriu que fôssemos ouvir o programa. O entusiasmo, a nostalgia dela pelo programa, especialmente pelos tempos antigos em que eu e o Buddy estávamos no ar, tudo me deixa incomodado. Hoje eles estavam transmitindo de alguma base aérea da marinha, veja só, lá perto de San Diego. Um excesso de perguntas e respostas pedantes. Franny parecia estar gripada. Zooey estava no auge da forma. O locutor pôs os dois para falar do tema Conjuntos Habitacionais, e a menininha Burke disse que odiava quando as casas tinham todas a mesma cara — ou seja, uma longa fileira de casas idênticas num 'conjunto'. Zooey disse que elas eram 'legais'. Ele disse que ia ser bem legal chegar em casa e estar na casa errada. Jantar com as pessoas erradas por engano, dormir na cama errada por engano, e dar um beijinho em todo mundo quando saísse de manhã pensando que eles eram a sua família. Ele disse que até queria que todo mundo na Terra tivesse a mesmíssima cara. Disse que você ia viver pensando que a pessoa na sua frente era a sua esposa, ou mãe, ou o seu pai, e as pessoas iam ficar se abraçando em qualquer lugar, e ia ser 'muito legal'.

"Eu me senti incrivelmente feliz a noite toda. A familiaridade entre a Muriel e a mãe dela me pareceu tão linda quando nós todos ficamos ali sentados na sala de estar. Elas conhecem as fraquezas uma da outra, especialmente as fraquezas conversacionais, e as registram trocando olhares. Os olhos da sra. Fedder vigiam o gosto de Muriel quando ela fala de 'literatura', e os olhos de Muriel vigiam a tendência da mãe de se alongar, de ser verborrágica. Quando elas discutem, não pode haver risco de um rompimento permanente, porque elas são mãe e filha. Um fenômeno terrível e lindo de observar. E no entanto há momentos em que eu fico ali encantado mas desejando que o sr. Fedder fosse mais ativo na conversa. Às vezes me parece que preciso dele. Às vezes, a bem da verdade, quando eu entro pela porta da frente, é como entrar numa espécie de convento secular e desordenado, para apenas duas mulheres. Às vezes quando saio eu tenho a peculiar sensação de que tanto M. quanto a sua mãe entupiram meus bolsos de frasquinhos e tubos de batom, ruge, redinhas de cabelo, desodorantes, e assim por diante. Fico imensamente grato a elas, mas não sei o que fazer com seus presentes invisíveis."

"Nós não ganhamos passes logo depois do toque de recolher hoje à noite, porque alguém derrubou o rifle enquanto o general britânico que fazia uma visita passava a tropa em revista. Perdi o trem das 5h52 e me atrasei uma hora para encontrar a Muriel. Jantar no Lun Far da rua 58. M. irritadiça e lacrimejante durante todo o jantar, transtornada e assustada de verdade. A mãe dela pensa que eu tenho personalidade esquizoide. Aparentemente ela conversou com o seu psicanalista sobre mim, e ele concorda com ela. A sra. Fedder pediu para Muriel descobrir discretamente se há casos de loucura na minha família. Suponho que Muriel teve a ingenuidade de lhe dizer de onde vieram as cicatrizes dos meus pulsos, coitadinha. Pelo que a M. diz, no entanto, isso não chega nem perto de incomodar tanto a mãe dela quanto umas outras coisas. Três coisas. Um, eu sou recolhido e não consigo me relacionar com as pessoas. Dois, aparentemente há algo 'errado' comigo porque eu não seduzi a Muriel. Três, nitidamente a sra. Fedder está há dias sem conseguir esquecer o comentário que eu fiz num jantar da semana passada, de que gostaria de ser um gato morto. Ela me perguntou no jantar da semana passada o que eu pretendia fazer quando saísse do exército. Pretendia voltar a dar aulas na mesma universidade? Ia querer voltar a dar aulas? Considerava a possibilidade de voltar para o rádio, quem sabe como algum tipo de 'comentador'? Respondi que para mim parecia que a guerra podia nunca mais acabar, e que eu só tinha certeza que se um dia a paz voltasse eu ia querer ser um gato morto. A sra. Fedder achou que eu estava fazendo alguma piada. Uma piada sofisticada. Ela acha que eu sou muito sofisticado, segundo a Muriel. Achou que o meu comentário seriíssimo era o tipo de piada que você deve receber com uma leve risada musical. Quando ela riu, acho que aquilo me distraiu um pouco, e eu esqueci de lhe explicar. Eu disse à Muriel hoje à noite que no zen-budismo uma vez perguntaram a um mestre qual era a coisa mais valiosa do mundo, e o mestre respondeu que era um gato morto, porque ninguém podia pôr preço naquilo. M. ficou aliviada, mas deu para perceber que ela mal podia esperar para chegar em casa e tranquilizar a mãe quanto ao aspecto inofensivo do meu comentário. Ela foi de táxi comigo até a estação. Como estava carinhosa, com um humor tão melhor. Ficou tentando me ensinar a sorrir, puxando com os dedos os músculos da minha boca. Como é lindo ver ela sorrir. Ah, meu Deus, eu fico tão feliz com ela. Seria tão bom se ela pudesse ser mais feliz comigo. Às vezes ela se diverte comigo, e parece que ela gosta do meu rosto, das minhas mãos e da minha nuca, e ela fica imensamente satisfeita quando conta aos amigos que está noiva do Billy Black que participou do *É uma Sábia Criança* por tantos anos. E acho que ela sente um impulso meio materno e meio sexual na minha direção. Mas no todo eu não sou uma fonte real de felicidade para ela. Ah, meu Deus, me ajude. Meu único e terrível consolo é que a minha amada tem um amor imortal e basicamente inalterável pela própria instituição do matrimônio. Ela tem um instinto primal de brincar de casinha em tempo integral. Os objetivos maritais dela são tão absurdos, tão tocantes. Ela quer ficar bem bronzeada e ir falar com o recepcionista de algum hotel grã-fino para perguntar se o marido já veio pegar a correspondência. Quer escolher cortinas. Quer comprar roupas de grávida. Ela quer sair da casa da mãe, por mais que possa não saber disso, e apesar da ligação que tem com ela. Ela quer filhos — filhos bonitos, com a aparência dela, não a minha. E eu tenho a impressão, também, de que ela quer os seus próprios enfeites de pinheirinho de Natal para desembalar todo ano, não os da mãe.

"Hoje chegou uma carta muito esquisita do Buddy, escrita logo depois dele ter saído da Patrulha do Rancho. Estou pensando nele enquanto escrevo sobre a Muriel. Ele desprezaria a pobrezinha por esses motivos para o matrimônio que eu registrei aqui. Mas será que eles são desprezíveis? Num certo sentido devem ser, mas por outro lado eles me parecem tão tamanho-humano, e tão lindos, que eu não consigo pensar neles agora enquanto escrevo isso aqui sem me sentir profunda, mas profundamente comovido. Ele também não aprovaria a mãe da Muriel. Ela é uma mulher irritante, cabeça-dura, um tipo que o Buddy não suporta. Acho que ele não veria quem ela de fato é. Uma pessoa privada, perpetuamente, de qualquer compreensão ou gosto pela corrente mais forte de poesia que percorre as coisas, todas as coisas. Ela podia estar morta, mas continua vivendo, passando nas delicatessens, conversando com o analista, consumindo um romance toda noite, vestindo a cinta elástica, tramando planos para a saúde e a prosperidade de Muriel. Eu adoro essa mulher. Eu a considero inconcebivelmente corajosa."

"A companhia toda vai ficar presa no acantonamento hoje à noite. Fiquei uma hora inteirinha na fila para usar o telefone da Sala de Recreação. Muriel pareceu até aliviada por eu não poder ir hoje. O que me diverte e me deleita. Outra moça, se quisesse de fato uma noite livre do noivo, faria o esforço de simular alguma lamentação pelo telefone. M. só disse Ah quando eu contei. Como eu idolatro essa simplicidade, essa terrível honestidade. Como eu conto com ela."

"3h30 da manhã. Estou na Sala do Ordenança. Não conseguia dormir. Vesti o sobretudo por cima do pijama e vim para cá. Al Aspesi está encarregado. Está dormindo no chão. Posso ficar aqui se atender o telefone por ele. Que noite. O analista da sra. Fedder foi jantar conosco e ficou me interrogando, como quem não quer nada, até cerca de onze e meia. Ocasionalmente com grande habilidade, inteligência. Uma ou duas vezes eu me vi torcendo por ele. Aparentemente trata-se de um antigo fã da dupla Seymour e Buddy. Parecia pessoal e profissionalmente interessado em saber por que eu tinha me mandado do programa aos dezesseis. Ele tinha até ouvido o episódio sobre Lincoln, mas ficou com a impressão de que eu tinha dito ao vivo que o Discurso de Gettysburg era 'ruim para as crianças'. Não mesmo. Eu lhe falei que tinha dito que achava que era um mau discurso para as crianças terem que decorar na escola. Ele também estava com a impressão de que eu tinha dito que era uma fala desonesta. Eu lhe disse que tinha mencionado que 51 112 homens perderam a vida em Gettysburg, e que se alguém *tinha* que falar no aniversário do acontecimento, podia simplesmente ter dado um passo à frente e sacudido o punho para a plateia e ido embora — quer dizer, se o orador fosse um homem absolutamente honesto. Ele não discordou de mim, mas pareceu sentir que eu tenho algum tipo de complexo de perfeccionismo. Falou-se muito, de parte dele, e de maneira muito inteligente, a respeito das virtudes de viver uma vida imperfeita, de aceitar as fraquezas próprias e alheias. Eu concordo com ele, mas só em teoria. Eu hei de defender a falta de juízo crítico até os mortos levantarem da tumba, com base no fato de que ela gera saúde e um tipo muito real, e invejável, de felicidade. *Seguida de maneira pura* ela é o caminho do Tao, e indubitavelmente o caminho mais elevado. Mas para um homem dotado de juízo crítico chegar a esse ponto, isso representaria a necessidade dele se privar da poesia, de ir *além* da poesia. Ou seja, ele não teria nem a possibilidade de aprender ou de se convencer a *gostar* da má poesia em abstrato, que dirá de equipará-la à boa poesia. Teria que abandonar completamente a poesia. Eu disse que isso não seria tarefa fácil. O dr. Sims disse que eu estava sendo muito duro — pensando naquilo, ele disse, como apenas um perfeccionista pensaria. E eu posso negar?

"Nitidamente a sra. Fedder, nervosa, tinha mencionado os nove pontos da Charlotte. Foi indelicado, imagino, eu ter mencionado essa história antiga para a Muriel. Ela passa tudo adiante para a mãe antes de esfriar. Eu deveria reclamar, é claro, mas não consigo. M. só consegue me ouvir quando a mãe dela também está ouvindo, coitadinha. Mas eu não tinha a menor intenção de discutir os pontos da Charlotte com o Sims. Não depois de um único coquetel.

"Eu praticamente prometi à M. hoje à noite na estação que um dia desses vou me consultar com um psicanalista. O Sims me disse que o sujeito aqui do quartel mesmo é muito bom. Nitidamente ele e a sra. Fedder tiveram um ou outro tête-à--tête a respeito disso. Por que isso não me irrita? Não irrita mesmo. Acho engraçado. Eu me sinto acolhido, sem maiores motivos. Até as caricaturas de sogras dos cartuns sempre me atraíram vagamente. Enfim, não vejo o que eu teria a perder por conversar com um analista. Se fizer isso no exército, vai ser de graça. M. me adora, mas nunca vai se sentir perto de mim de verdade, *familiar*, nunca vai se sentir *frívola* comigo, até eu passar por umas reformas.

"Se ou quando eu começar a me consultar com um analista, Deus me ajude que ele tenha a brilhante ideia de deixar um dermatologista assistir à consulta. Um especialista em mãos. Eu tenho cicatrizes nas mãos por ter encostado em certas pessoas. Uma vez, no parque, quando a Franny ainda estava no carrinho de bebê, eu pus a mão naquele cabelo fininho do cocuruto dela, e deixei ali mais do que devia. Outra vez, no Loew's da rua 72, com o Zooey durante um filme de terror. Ele tinha uns seis ou sete, e foi pra baixo da poltrona pra não ter que ver uma cena que dava medo. Eu pus a mão na cabeça dele. Certas cabeças, certas cores e texturas de cabelo humano deixam marcas permanentes em mim. Outras coisas, também. A Charlotte uma vez fugiu de mim, na frente do estúdio, e eu agarrei o vestido dela, pra fazer ela parar, pra ela não ir pra longe de mim. Um vestido de algodão amarelo que eu adorava porque era comprido demais pra ela. Eu ainda tenho uma marca amarelo-limão na palma da mão direita. Ah, meu Deus, se eu tenho alguma coisa que cabe num nome clínico, eu sou um tipo de paranoico pelo avesso. Eu suspeito que as pessoas estão tramando coisas para me deixar feliz."

Lembro de ter fechado o diário — com violência, na verdade — depois da palavra "feliz". Então fiquei vários minutos com o diário debaixo de um braço, até tomar consciência de certo desconforto por estar sentado por tanto tempo na borda da banheira. Quando levantei, percebi que estava suando mais profusamente do que em qualquer outro momento do dia, como se tivesse acabado de sair de uma banheira, em vez de ter só ficado sentado na borda. Fui até o cesto de roupa suja, ergui a tampa e, com um movimento quase maldoso do pulso, literalmente joguei o diário do Seymour em cima de uns lençóis e fronhas que estavam no fundo do cesto. Então, por falta de ideia melhor, mais construtiva, voltei e sentei de novo na borda da banheira. Fiquei um ou dois minutos encarando o recado da Boo Boo no espelho do armarinho, e então saí do banheiro, fechando a porta com vigor excessivo, como se a mera força bruta pudesse trancar aquele lugar para sempre.

Minha parada seguinte foi a cozinha. Felizmente ela dava para o corredor, e pude entrar sem ter que passar pela sala de estar e encarar meus convidados. Ao chegar, e com a porta de mola já fechada, eu tirei o casaco — meu dólmã — e larguei em cima da mesa esmaltada. Só tirar o casaco já pareceu me custar toda a energia que eu tinha, e fiquei parado um tempo, de camiseta, só descansando, por assim dizer, antes de me dedicar à hercúlea tarefa de preparar bebidas. Então, abruptamente, como se estivesse sendo vigiado de maneira imperceptível por pequenas frestas na parede, comecei a abrir portas de armários e da geladeira, procurando ingredientes para os Tom Collins. Estava tudo lá, mas com limões sicilianos em vez dos verdes, e em poucos minutos eu tinha uma jarra açucarada de Tom Collins. Peguei cinco copos e fui ver se achava uma bandeja. Achar uma bandeja foi só um tantinho difícil e levou só um tempinho a mais, então quando consegui encontrar eu já estava soltando pequenos resmungos vagamente audíveis enquanto abria e fechava portas de armário.

Bem quando eu ia saindo da cozinha, com a jarra e os copos arrumados na bandeja e já de novo de casaco, uma lâmpada imaginária se acendeu sobre a minha cabeça — como acontece nas tirinhas para mostrar que um personagem de repente tem uma ideia brilhantíssima. Larguei a bandeja no chão. Voltei para a prateleira das bebidas e peguei uma garrafa de scotch que estava metade cheia. Peguei o meu copo e me servi — algo acidentalmente — de no mínimo quatro dedos de scotch. Olhei criticamente para o copo por uma fração de segundo e então, como um protagonista casca-grossa de filmes de faroeste, bebi tudo num gole só, sem fazer careta. Questão que, bem vale dizer, registro aqui com um estremecimento nada imperceptível. Tudo bem que eu estava com vinte e três anos e que podia estar fazendo só aquilo que qualquer pateta de vinte e três anos, de carne e osso, teria feito em circunstâncias similares. Eu não estou falando de algo assim tão simples. O que eu estou dizendo é que Eu Não Bebo Muito, como se diz por aí. Com uma dose de uísque, via de regra, eu já me vejo ou com uma náusea violenta ou começando a procurar infiéis pelos cantos. Com duas eu até já apaguei completamente.

Mas aquele — no que seria um eufemismo épico — não era um dia comum, e lembro que quando peguei de novo a bandeja e fui saindo da cozinha, eu não senti aquelas tradicionais alterações metamórficas quase imediatas. Parecia haver um grau inédito de calor sendo gerado no estômago do paciente, mas só isso.

Na sala de estar, quando cheguei com a bandeja carregada, não havia alterações auspiciosas na atitude dos meus convidados, além do revitalizante fato de que o tio do pai da noiva tinha de novo se juntado ao grupo. Estava aninhado na velha poltrona do meu falecido boston terrier. Estava com as minúsculas pernas cruzadas, cabelo penteado, mancha de molho atraente como sempre, e — olha, quem diria — *seu charuto estava aceso*. Nós nos cumprimentamos de maneira ainda mais extravagante que o normal, como se essas separações intermitentes de uma hora para outra tivessem se revelado longas demais, e desnecessárias demais, para que um ou outro de nós pudesse lidar bem com elas.

O Tenente ainda estava lá nas estantes de livros. Ia virando as páginas de um livro que tinha pegado, aparentemente mergulhado na leitura. (Nunca descobri que livro era.) A sra. Silsburn, parecendo consideravelmente recomposta, e até refeita, com a maquiagem, pensei, recém-retocada, estava agora sentada no sofá, no canto que ficava mais distante do tio do pai da noiva. Ela folheava uma revista. "Ah, que encanto!", disse, num tom festivo, quando avistou a bandeja que eu tinha largado na mesinha de centro. Sorriu simpática para mim.

"Eu pus bem pouquinho gim", menti enquanto ia mexendo a jarra.

"Está um encanto aqui agora, tão fresquinho", a sra. Silsburn disse. "Aliás, posso te fazer uma pergunta?" Com isso, ela pôs a revista de lado, levantou, e contornou o sofá para vir até a escrivaninha. Estendeu o braço e colocou a pontinha de um dedo numa das fotografias da parede. "*Quem* é essa criança mais linda?", ela me perguntou. Com o ar-condicionado agora funcionando bem e constantemente, e depois de ter tempo de refazer a maquiagem, ela não era mais a criancinha murcha e amedrontada que tinha ficado parada sob o sol quente na frente do Schrafft's da rua 79. Ela agora me abordava com toda a frágil compostura de que dispunha quando entrei no carro, diante da casa da mãe da noiva, quando me perguntou se eu era alguém chamado Dickie Briganza.

Parei de mexer a jarra de Tom Collins e fui até onde ela estava. Tinha cravado uma unha pintada na fotografia do elenco de 1929 do *É uma Sábia Criança*, e numa criança em particular. Sete de nós estávamos sentados em torno de uma mesa redonda, com um microfone na frente de cada criança. "É a criança mais linda que eu já vi *na vida*", a sra. Silsburn disse. "Sabe quem era só um tiquinho parecido com ela? Assim, os olhos e a boca?"

A essa altura, um pouco do scotch — talvez um dedinho, eu diria — estava começando a me afetar, e passei muito perto de responder, "Dickie Briganza", mas certo impulso cauteloso ainda estava dando as cartas. Concordei com um gesto da cabeça e disse o nome da atriz de cinema que a Dama de Honra, pouco antes, tinha mencionado em relação aos nove pontos de sutura.

A sra. Silsburn me encarou fixamente. "*Ela* esteve no *É uma Sábia Criança*?", perguntou.

"Por uns dois anos, sim. Jesus, esteve sim. Com o nome de verdade, claro. Charlotte Mayhew."

O Tenente agora estava atrás de mim, à minha direita, olhando a fotografia. Ao ouvir o nome artístico da Charlotte, ele tinha se afastado da estante para vir dar uma olhada.

"Eu nunca soube que ela esteve no rádio quando era criança!", a sra. Silsburn disse. "Dessa eu não sabia! Ela era tão inteligente assim quando era pequena?"

"Não, era só mais barulhenta, pra dizer a verdade. Mas já cantava tão bem quanto canta hoje. E era excelente pra dar apoio moral. Ela normalmente dava um jeito de ficar sentada do lado do meu irmão, o Seymour, na mesa da transmissão, e toda vez que ele dizia alguma coisa que ela achava linda no programa, ela pisava no pé dele. Era como um apertão na mão de alguém, só que ela usava o pé." Enquanto apresentava essa pequena homilia, eu estava com as mãos na travessa mais alta do encosto da cadeira da escrivaninha. Elas de repente escorregaram dali — exatamente como quando o cotovelo da pessoa abruptamente perde o "pé" na superfície de uma mesa ou de um balcão de bar. Perdi e recuperei o equilíbrio quase ao mesmo tempo, no entanto, e nem a sra. Silsburn nem o Tenente pareceram perceber. Cruzei os braços. "Certas noites, quando estava especialmente em forma, o Seymour voltava pra casa mancando de leve. Verdade mesmo. A Charlotte não pisava, simplesmente, no pé dele, ela pisoteava mesmo. Ele não ligava. Ele adorava gente que pisava no pé dele. Adorava meninas barulhentas."

"Ora, que coisa mais interessante!", a sra. Silsburn disse. "Pode apos*tar* que eu nunca soube que ela esteve um dia no rádio e tal."

"A bem da verdade foi o Seymour que fez ela entrar", eu disse. "Ela era filha de um osteopata que morava no nosso prédio na Riverside Drive." Pus de novo as mãos na travessa da cadeira e apoiei o peso nela, em parte para me equilibrar, em parte à moda de um velho contador de anedotas de quintal. O som da minha voz nesse momento me era singularmente agradável. "A gente estava jogando stoopball — alguém aqui está interessado nessa história?"

"Sim!", disse a sra. Silsburn.

"A gente estava jogando stoopball do lado do prédio um dia, depois da aula, eu e o Seymour, e alguém, que no fim das contas era a Charlotte, começou a largar bolinhas de gude na nossa cabeça, lá do décimo segundo andar. Foi assim que a gente se conheceu. A gente pôs ela no programa naquela semana mesmo. A gente nem sabia que ela cantava. A gente só queria a presença dela por ela ter um sotaque nova-iorquino tão lindo. Era um sotaque da rua Dyckman."

A sra. Silsburn soltou o tipo de risada cristalina que significa, é claro, a morte do anedotista sensível, podre de sóbrio ou não. Ela nitidamente tinha ficado me esperando terminar, para poder fazer um apelo obsessivo ao Tenente. "Pra você ela parece quem?", ela lhe disse de modo importuno. "Os olhos e a boca, especialmente. Quem é que ela faz você lembrar?"

O Tenente olhou para ela, depois para a fotografia. "Assim, como ela está aqui na foto? Criança?", ele disse. "Ou agora? Como ela está nos filmes? Qual delas?"

"As duas, a bem da verdade, pelo que *eu* acho. Mas especialmente aqui nessa foto mesmo."

O Tenente esmiuçou a fotografia — com certa severidade, eu achei, como se de maneira alguma aprovasse o modo da sra. Silsburn, que afinal de contas era civil, além de ser mulher, pedir que ele a examinasse. "Muriel", ele disse seco. "Parece a Muriel nessa foto. O cabelo e tudo mais."

"Mas na mosca!", disse a sra. Silsburn. Ela se virou para mim. "Mas na *mosca*", repetiu. "Você já viu a Muriel? Assim, você já viu a Muriel com aquele cabelo preso bem —"

"Hoje foi a primeira vez que eu vi a Muriel", eu disse.

"Bom, tudo bem, acredite em mim." A sra. Silsburn bateu de maneira marcante na foto com o indicador. "Essa criança aqui podia ser *sósia* da Muriel nessa idade. Mas sem tirar nem pôr."

O uísque estava me cercando aos poucos, e eu não consegui absorver toda a informação, que dirá considerar todas as suas possíveis ramificações. Voltei — quase não em-linha-retamente, acho eu — para a mesinha de centro e voltei a mexer a jarra de Tom Collins. O tio do pai da noiva tentou chamar minha atenção quando eu voltei às suas redondezas, para me cumprimentar pelo meu ressurgimento, mas eu estava mergulhado na suposta semelhança entre Muriel e Charlotte num grau suficiente para não reagir a ele. Também estava me sentindo um tantinho tonto. Tive um vigoroso impulso, a que não cedi, de ficar mexendo a jarra sentado no chão.

Um ou dois minutos depois, quando eu ia começando a servir as bebidas, a sra. Silsburn quis me perguntar uma coisa. A pergunta veio quase como música até onde eu estava, de tão melodiosos seus contornos. "Será que ia ser muito desagradável se eu fizesse uma pergunta sobre aquele acidente que a sra. Burwick acabou mencionando agora há pouco? Assim, aqueles nove pontos que ela citou. O seu irmão por acaso *empurrou* ela assim por acidente, ou coisa do tipo?"

Eu larguei a jarra, que parecia extraordinariamente pesada e desajeitada, e olhei para ela. Estranhamente, apesar da leve tontura que eu sentia, imagens distantes não tinham nem começado a ficar borradas. Pelo contrário, a sra. Silsburn, como ponto focal do outro lado da sala, parecia intrusivamente nítida. "A sra. Burwick é quem?", eu disse.

"Minha esposa", o Tenente respondeu, um tantinho seco. Ele estava me olhando, também, no mínimo na qualidade de enviado especial para investigar por que é que eu estava me enrolando tanto com as bebidas.

"Ah. Mas é claro", eu disse.

"Foi por acidente?", a sra. Silsburn insistiu. "Ele não fez de *propósito*, não é?"

"Meu *Deus*, sra. Silsburn."

"Como é que é?", ela disse com frieza.

"Desculpa. Não preste atenção em mim. Eu estou ficando meio de pileque. Tomei um drinque bem grande na cozinha coisa de cinco minutos —" Eu me interrompi e me virei abruptamente. Tinha acabado de ouvir um conhecido passo pesado no corredor sem carpete. Vinha na nossa direção — para cima de nós — em grande velocidade, e num instante a Dama de Honra adentrou trepidante o cômodo.

Não tinha olhos para ninguém. "Finalmente consegui falar com eles", ela disse. Sua voz soava estranhamente plana, privada até da sombra de um itálico. "Depois de quase uma hora." Seu rosto parecia tenso e superaquecido a ponto de explodir. "Isso aí está gelado?", ela disse, e veio sem se deter, e sem obter resposta, até a mesinha de centro. Pegou o único copo que eu tinha enchido pela metade cerca de um minuto antes e bebeu tudo num só gole ávido. "Isso aqui é a sala mais quente em que eu já estive na vida", ela disse — algo impessoalmente —, e largou o copo vazio na mesa. Pegou a jarra e reabasteceu o copo pela metade, com muito tilintar e bater de cubos de gelo.

A sra. Silsburn já estava nas redondezas da mesinha de centro. "O que foi que eles disseram?", perguntou impaciente. "Você conversou com a Rhea?"

A Dama de Honra primeiro bebeu. "Conversei com todo mundo", ela disse, largando o copo na mesa, e com uma ênfase lúgubre e, para ela, peculiarmente desprovida de drama, na expressão "todo mundo". Olhou primeiro para a sra. Silsburn, depois para mim, depois para o Tenente. "Vocês podem relaxar", ela disse. "Tudo está uma maravilha."

"Como assim? O que foi que aconteceu?", a sra. Silsburn disse cortante.

"Exatamente o que eu disse. O *noivo* não está mais indis*pos*to devido à felici*da*de." Um estilo familiar de inflexão vocal estava de volta à fala da Dama de Honra.

"Como assim? Com quem foi que você conversou?", o Tenente lhe disse. "Você conversou com a sra. Fedder?"

"Eu disse que conversei com todo mundo. Todo mundo fora a noivinha. Ela e o noivo fugiram." Ela se virou para mim. "Mas quanto açúcar você pôs nesse negócio?", perguntou irritadiça. "Está com um gosto absolutamente —"

"*Fugiram?*", disse a sra. Silsburn, e pôs a mão na garganta.

A Dama de Honra olhou para ela. "Tudo bem, pode ir relaxando", ela aconselhou. "Aí você vive mais."

A sra. Silsburn sentou inerte no sofá — bem do meu lado, na verdade. Eu estava olhando para a Dama de Honra e tenho certeza de que a sra. Silsburn imediatamente seguiu meu exemplo.

"Aparentemente ele estava *no* apartamento quando eles voltaram. Aí a Muriel simplesmente faz a malinha dela e os dois se mandam, sem mais nem menos." A Dama de Honra deu de ombros, elaboradamente. Pegou de novo o copo e terminou de beber. "Enfim, nós estamos todos convidados para a recepção. Ou seja lá que nome isso vai ter quando a noiva e o noivo já *foram embora*. Pelo que eu entendi, já tem uma montoeira de gente lá. Todo mundo parecia tão *contente* no telefone."

"Você disse que conversou com a sra. Fedder. O que foi que ela falou?", o Tenente disse.

A Dama de Honra sacudiu a cabeça, de maneira algo críptica. "Ela foi incrível. Meu Deus, que mulher. A voz dela estava absolutamente normal. Pelo que eu entendi — quer dizer, pelo que ela me disse —, o tal do *Sey*mour prometeu que vai começar a se consultar com um analista e vai deixar darem um jeito nele." Ela deu de ombros outra vez. "Quem é que vai saber? Pode ser que tudo fique nas mil maravilhas. Eu estou acabada demais pra ficar pensando." Ela olhou para o marido. "Vamos embora. Cadê o teu chapeuzinho?"

Quando me dei conta, a Dama de Honra, o Tenente e a sra. Silsburn já estavam todos indo para a porta da frente, comigo, de anfitrião, atrás deles. Eu agora estava trançando as pernas de maneira bem óbvia, mas como ninguém se virou para trás, acho que minha condição passou despercebida.

Ouvi a sra. Silsburn dizer à Dama de Honra, "Vocês vão dar uma passada lá ou não?".

"Não sei", veio a resposta. "Se a gente passar, vai ser bem rapidinho."

O Tenente chamou o elevador, e os três ficaram letargicamente observando o mostrador. Parecia que ninguém mais achava que falar fizesse sentido. Fiquei parado no limiar do apartamento, a poucos metros deles, com o olhar turvo. Quando a porta do elevador se abriu, eu disse tchau, em voz alta, e as cabeças dos três se viraram em uníssono na minha direção. "Ah, *tchau*", eles disseram, e ouvi a Dama de Honra gritar "Obrigada pela bebida!" quando a porta do elevador ia se fechando.

Voltei para o apartamento, muito trôpego, tentando abrir os botões do casaco enquanto andava, ou arrancar de vez aquilo tudo.

Meu retorno à sala de estar foi desmesuradamente saudado pelo meu único convidado restante — de quem eu tinha me esquecido. Ele ergueu um copo bem cheio em saudação, quando entrei na sala. A bem da verdade, ele literalmente acenou com o copo, balançando a cabeça para cima e para baixo e sorrindo, como se o supremo momento de júbilo que nós dois aguardávamos havia tanto tempo tivesse finalmente chegado. Percebi que não estava exatamente em condições de lhe responder com sorriso equivalente naquele reencontro específico. Lembro de lhe dar um tapinha no ombro, no entanto. Então fui sentar pesadamente no sofá, bem na frente dele, e terminei de abrir o casaco. "O senhor não tem pra onde ir?", eu lhe perguntei. "Quem é que cuida do senhor? Os pombinhos do parque?" Em resposta a essas perguntas provocativas, meu convidado brindou à minha saúde com empolgação ainda maior, estendendo para mim seu Tom Collins como se fosse uma caneca de cerveja. Fechei os olhos e deitei de costas no sofá, erguendo os pés e me esticando todo. Mas isso fez a sala rodar. Sentei de novo e pus os pés no chão — e fiz isso tão de repente e com uma coordenação motora tão falha que tive que pôr as mãos na mesinha de centro para não perder o equilíbrio. Fiquei sentado de cabeça baixa por um ou dois minutos, de olhos fechados. Então, sem precisar levantar, peguei a jarra de Tom Collins e me servi de um drinque, derrubando não pouco líquido e cubos de gelo na mesa e no chão. Fiquei sentado com o copo cheio nas mãos por mais alguns minutos, sem beber, e então larguei o copo na poça rasa sobre a mesinha de centro. "O senhor quer saber como foi que a Charlotte tomou aqueles nove pontos?", perguntei de repente, num tom de voz que me soou perfeitamente normal. "A gente estava no Lago. O Seymour tinha escrito convidando a Charlotte pra ir visitar a gente, e a mãe dela acabou deixando. O que aconteceu foi que um dia de manhã ela sentou na frente da nossa garagem pra fazer carinho no gato da Boo Boo, e o Seymour tacou uma pedra nela. Ele tinha doze anos. E pronto. Ele tacou a pedra porque ela estava linda demais ali sentada na frente da garagem com o gato da Boo Boo. Todo mundo sabia, pelo amor de Deus — eu, a Charlotte, a Boo Boo, o Waker, o Walt, a família toda." Eu fiquei encarando o cinzeiro de estanho na mesinha de centro. "A Charlotte nunca disse um 'a' sobre isso pra ele. Nada." Eu ergui os olhos para o meu convidado, com alguma expectativa de que ele me contestasse, me chamasse de mentiroso. Eu sou um mentiroso, é claro. A Charlotte nunca entendeu por que o Seymour jogou aquela pedra nela. Mas meu convidado não me contestou. Pelo contrário. Sorriu encorajadoramente para mim, como se tudo que eu ainda tivesse a acrescentar fosse descer como verdade absoluta para ele. Mas eu levantei e saí da sala. Lembro de considerar, a meio caminho, a ideia de voltar e pegar dois cubos de gelo que estavam no chão, mas isso me pareceu um esforço árduo demais, e prossegui rumo ao corredor. Ao passar pela porta da cozinha eu tirei o dólmã — como quem tira uma segunda pele — e larguei no chão. Parecia, na ocasião, o lugar onde eu sempre deixava o paletó.

No banheiro, eu fiquei vários minutos diante do cesto de roupa suja, debatendo se devia ou não pegar o diário do Seymour e dar outra olhada. Não lembro mais os argumentos que apresentei, pró ou contra, mas acabei abrindo o cesto e pegando o diário. Sentei com ele, de novo na borda da banheira, e passei as páginas até chegar à última entrada que o Seymour tinha escrito.

"Um dos nossos homens acabou de ligar de novo para o controle de voo. Se o teto continuar melhorando, parece que nós podemos decolar antes de amanhecer. O Oppenheim diz pra ninguém contar com isso. Liguei para contar para a Muriel. Foi muito estranho. Ela atendeu o telefone e não parava de dizer alô. A minha voz não queria funcionar. Ela passou bem perto de desligar. Se eu pelo menos conseguisse me acalmar um pouco. O Oppenheim vai pegar no sono de novo enquanto o controle de voo não liga de volta. Eu devia, também, mas estou tenso demais. Eu no fundo liguei para perguntar a ela, para implorar pela última vez que ela simplesmente desaparecesse sozinha comigo para casar. Estou tenso demais para ficar com outras pessoas. Parece que eu estou prestes a nascer. Dia sagrado dos dias sagrados. A ligação estava tão ruim, e eu não consegui nem falar durante quase o tempo todo. Que coisa terrível você dizer Eu te amo e a pessoa do outro lado gritar 'O quê?'. Passei o dia todo lendo uma coletânea vedanta. Os membros de um casal devem servir um ao outro. Elevar, ajudar, instruir, fortalecer um ao outro, mas acima de tudo *servir*. Criar os filhos de maneira honrosa, amorosa, e com desapego. Uma criança é um convidado na casa, que deve ser amado e respeitado — nunca sendo posse, já que pertence a Deus. Que coisa maravilhosa, sadia, que dificuldade mais linda, e portanto verdadeira. A alegria da responsabilidade pela primeira vez na minha vida. O Oppenheim já está dormindo. Eu também devia estar, mas não consigo. Alguém tem que ficar acordado com o homem feliz."

Li a entrada do começo ao fim somente uma vez, então fechei o diário e fui com ele para o quarto. Larguei o caderno na maleta de lona do Seymour, no assento da janela. Então caí, de maneira mais ou menos deliberada, na cama que estava mais perto. Estava dormindo — ou, é possível, desmaiado — antes de aterrissar, ou foi o que pareceu.

Quando acordei, cerca de uma hora e meia depois, tinha uma dor de cabeça horrorosa e a boca seca. O quarto estava quase escuro. Lembro de ter ficado não pouco tempo sentado na beira da cama. Então, em razão de uma sede imensa, eu levantei e gravitei lentamente para a sala de estar, esperando que ainda houvesse vestígios gelados e líquidos do conteúdo da jarra na mesinha de centro.

Meu último convidado tinha nitidamente saído sozinho. Somente seu copo vazio e a ponta do charuto no cinzeiro de estanho indicavam que ele um dia existiu. Ainda sou da opinião de que o seu charuto devia ter sido encaminhado para o Seymour, considerando-se os presentes de casamento que as pessoas andam comprando. Só o charuto, numa bela caixinha. Possivelmente com uma folha em branco, à guisa de explicação.

Seymour
Uma introdução

Os atores por sua presença me convencem sempre, para meu horror, de que quase tudo que até aqui escrevi sobre eles é falso. Falso porque escrevo sobre eles com um amor inabalável (mesmo agora, enquanto escrevo estas palavras, elas também se tornam falsas) mas numa competência variável, e essa competência variável não dá o devido e pronunciado destaque aos atores de verdade, mas se perde num amor que jamais ficará satisfeito com a competência e que portanto pensa proteger os atores ao evitar que a competência se manifeste.

É como (numa descrição figurativa) se um autor cometesse um ato falho, e como se esse erro burocrático ganhasse consciência de si próprio como tal. Talvez não se tratasse de um erro mas sim de algo que num nível muito mais alto fosse parte essencial de toda a exposição. É, portanto, como se esse erro burocrático se rebelasse contra o autor, movido por ódio contra ele, proibisse o autor de corrigi-lo e dissesse, "Não, não serei apagado, restarei como testemunha contra ti, de que és um péssimo escritor".

Às vezes, sinceramente, eu nem tenho grandes escolhas, mas aos quarenta anos de idade eu vejo aquele velho amigo interesseiro, o leitor geral, como o meu último confidente contemporâneo até o fundo, e me foi solicitado de modo muito insistente, bem antes de eu sair da adolescência, pelo arte-são público ao mesmo tempo mais empolgante e menos pre-sunçoso em nível fundamental que já conheci pessoalmente, que eu tentasse sempre considerar as cortesias de uma tal re-lação de maneira firme e sóbria, por mais que ela pudesse ser peculiar ou terrível; no meu caso, ele viu desde o começo o que me esperava. A questão é, como pode um escritor obser-var as cortesias se não tem ideia de como seja o seu leitor ge-ral? O contrário é bastante comum, mais do que obviamente, mas quando é que se pergunta ao autor de um conto como ele pensa que seja o seu leitor? Muito felizmente, para seguir em frente e ilustrar o que quero dizer aqui — e não acho que o que eu quero dizer seja o tipo de coisa que sobreviva a um suspense interminável —, eu descobri já há vários anos prati-camente tudo que preciso saber a respeito do *meu* leitor geral; ou seja, *você*, receio. Temo que você vá negar tudo, de cabo a rabo, mas eu realmente não estou em posição de acreditar no que você diz. Você gosta muito de aves. Como o personagem de um conto chamado "Skule Skerry", de John Buchan, que Arnold L. Sugarman, Jr., um dia insistiu que eu lesse durante um período de estudos muito mal supervisionado na escola, você é alguém que se dedicou originalmente aos pássaros por-que eles estimulavam a sua imaginação; eles te fascinavam porque "pareciam, entre todas as criaturas, as mais próximas do espírito puro — aqueles pequenos seres com uma tempe-ratura normal de cinquenta graus". É provável que exatamente como esse tal do John Buchan você pensasse muitas coisas em-polgantes relacionadas a esse tema; você lembrava a si próprio, não tenho sombra de dúvida, que: "A estrelinha, com um es-tômago do tamanho de um feijão, atravessa o mar do Norte! O pilrito-de-bico-comprido, que se reproduz tão ao norte que só umas três pessoas já viram seus ninhos, vai à Tasmânia para passar as férias!". Seria exagero de boa vontade esperar, é claro, que o meu próprio leitor geral acabasse sendo uma dessas três pessoas que de fato viram o ninho do pilrito-de-bico-comprido, mas eu sinto, pelo menos, que sei quem ele é — quem você é — o suficiente para adivinhar o tipo de gesto bem-intencionado de minha parte que agora seria bem-vindo. Nesse espírito *cá-entre-nós*, então, meu velho confidente, antes de nós nos juntarmos aos outros, os que têm os pés no chão, inclusive, tenho certeza, os sujeitos de meia-idade viciados em máquinas potentes que insistem em nos mandar para a Lua, os Vagabundos Iluminados, os fabricantes de filtros de cigarro para o homem bem-pensante, os Beat e os Largados e os Petulantes, os cultistas escolhidos, todos os experts alcandorados que sabem tão bem o que devemos ou não fazer com os nossos pobres órgãos sexuais, todos os jovens barbados, altivos, iletrados e guitarristas incompetentes e matadores do zen e Teddy Boys estéticos profissionalizados que do alto da sua carantonha nada esclarecida desprezam este esplêndido planeta onde (por favor não cale a minha boca) Kilroy, Cristo e Shakespeare deram uma passadinha — antes de nos juntarmos a esses outros, eu te digo em particular, meu velho amigo (em verdade vos digo, receio), que por favor aceite este despretensioso buquê de parênteses temporãos: (((())))). Suponho, nada floralmente, que no fundo deseje que eles sejam vistos, de saída, como índices cambaios — afivelados — do meu estado de espírito e de corpo enquanto escrevo. Em termos profissionais, que é a única maneira de me manifestar de que eu de fato gostei na vida (e, só para me afastar ainda mais de quaisquer possíveis boas graças, eu falo nove línguas, ininterruptamente, quatro delas mortinhas da silva) — em termos profissionais, repito, eu sou um homem exuberantemente feliz. Nunca fui antes. Ah, uma vez, quem sabe, quando estava com catorze anos e escrevi um conto em que todos os personagens tinham cicatrizes de duelos de espada na Universidade de Heidelberg — o

herói, o vilão, a heroína, sua velha babá, todos os cães e cavalos. Eu era razoavel*mente* feliz naquele tempo, você poderia dizer, mas não exuberantemente, não desse jeito de hoje. Direto
ao assunto: eu sei muito bem, possivelmente melhor que todo
mundo, que uma pessoa que escreve em estado de exuberante
felicidade é muitas vezes uma figura exaustiva de ter por perto.
É claro que os poetas nesse estado são de longe os mais "difíceis", mas nem o prosador tomado de sentimento semelhante
tem grandes escolhas no que se refere ao comportamento na
companhia de pessoas decentes; divino ou não, um êxtase é
um êxtase. E por mais que eu ache que um prosador exuberantemente feliz possa fazer muita coisa boa na fria letra impressa — as melhores coisas, é o que sinceramente espero —,
também é verdade, e infinitamente mais óbvio, suspeito eu,
que ele não consegue ser moderado, temperado ou breve; ele
perde praticamente todos os seus parágrafos curtos. Ele não
pode ser desprendido — ou só em muito raras e suspeitas ocasiões, em momentos de baixa. Presa de algo tão grande e de-
vorador quanto a felicidade, ele necessariamente desiste do
prazer muito menor mas, para um escritor, sempre algo de-
licioso de aparecer, na página, serenamente recostado numa
cerca. Pior de tudo, na minha opinião, ele não está mais em
posição de atender a necessidade mais imediata do leitor; ou
seja, ver o autor fazer o diabo da história andar. Daí, portanto,
aquela ominosa oferta de parênteses algumas frases atrás. Tenho consciência de que muitas pessoas perfeitamente inteli-
gentes não suportam comentários parentéticos quando uma
história estaria supostamente sendo contada. (Nós recebemos
conselhos referentes a isso pelo correio — em geral, é bem
verdade, vindos de revisores de tese com impulsos muito naturais e crocantes de nos reescrever por baixo do pano nas suas
horas de folga da universidade. Mas nós lemos, e normalmente
cremos; boa, ruim ou meia boca, toda sequência de palavras

chama nossa atenção como se viesse de Próspero em pessoa.)
Venho advertir que não apenas meus desvios de assunto daqui
para a frente se descontrolam totalmente (não posso garantir,
na verdade, que não venha a surgir uma ou outra nota de rodapé), mas tenho toda a intenção, de vez em quando, de saltar pessoalmente no lombo do leitor quando perceber um des-
caminho narrativo que parece empolgante ou interessante e
digno de um desvio de trajetória. Velocidade, aqui, Deus salve
o meu courinho americano, não quer dizer nada para mim. Há,
no entanto, leitores que com toda a seriedade requerem simplesmente os mais contidos, mais clássicos e possivelmente
mais hábeis meios para que se chame a atenção deles, e sugiro — com toda a honestidade com que um escritor pode sugerir esse tipo de coisa — que eles vão embora já, enquanto,
posso imaginar, ir embora não custa nada e é fácil. Eu provavelmente vou continuar apontando as saídas à sua disposição
enquanto formos seguindo, mas não sei bem se vou me dedicar demais a isso.

Queria começar com algumas palavras bem categóricas sobre aquelas duas citações da abertura. "Os atores, por sua presença..." é de Kafka. A segunda — "É como (numa descrição
figurativa) se um autor cometesse um ato falho..." — é de Kierkegaard (e eu mal consigo conter meu impulso de esfregar as
mãozinhas quando penso que essa passagem de Kierkegaard
em particular pode pegar alguns mandachuvas existencialis-
tas franceses que são mais publicados do que deviam com as
calças — bom, pegar de surpresa, digamos).* No fundo não tenho grandes crenças de que alguém precise de uma razão

---

* Essa contida acusação é *absolutamente* repreensível, mas o fato de que o
grande Kierkegaard nunca foi um kierkegaardiano, que dirá um existencia-
lista, alegra infinitamente o coraçãozinho de um intelectual de província e
nunca deixa de reafirmar a sua fé na justiça poética do cosmos, ainda que
não em Papai Noel.

muito inquestionável para citar as palavras de escritores que ama, mas é sempre bom, até aí eu vou, se ele tiver. Nesse caso, me parece que essas duas passagens, especialmente em contiguidade, são maravilhosamente representativas do melhor, em certo sentido, não apenas de Kafka e Kierkegaard, mas de todos os quatro defuntos, os quatro Doentes ou solteirões subajustados de variada fama (provavelmente apenas Van Gogh, dos quatro, escapará de um papel de ator convidado nestas páginas), aos quais eu mais recorro — por vezes em situação de verdadeiro transtorno — quando quero qualquer informação integralmente crível a respeito dos processos artísticos modernos. Em termos mais gerais, reproduzi as duas passagens para tentar sugerir de modo muito franco como acho que me coloco em relação ao conjunto total de dados que espero reunir aqui — coisa sobre a qual em certos ambientes, muito pouco me incomoda dizê-lo, um autor não pode ser muito explícito, ou não assim tão cedo. Em parte, contudo, seria para mim recompensador pensar, sonhar, que essas duas breves citações podem de alguma maneira servir como uma espécie de quebra-galho para a raça comparativamente nova de críticos literários — os muitos trabalhadores (soldados, imagino que se *pudesse* dizer) que fazem hora extra, muitas vezes com esperanças cada vez menores de distinção, nas nossas movimentadas clínicas neofreudianas de artes e letras. Especialmente, talvez, aqueles estudantes ainda muito jovens e clínicos mais imaturos, eles próprios implicitamente estourando de tanta saúde mental, eles próprios (inegavelmente, acho eu) livres de qualquer *attrait* mórbido inerente pela beleza, que pretendem um dia se especializar em patologia estética. (É bem verdade que se trata de tema pedregoso para mim desde que eu tinha onze anos e vi o artista e Doente que mais amei neste mundo, então ainda vestindo calças que lhe chegavam aos joelhos, ser examinado por um respeitado grupo de freudianos profissionais por seis horas e quarenta e cinco minutos. Na minha não exatamente confiável opinião, eles quase chegaram ao ponto de tirar uma amostra do cérebro dele, e há anos eu tenho a impressão de que foi só o avançado da hora — duas da manhã — que os dissuadiu de fazer precisamente isso. Pedregoso, então, é de fato como eu pretendo fazer isso tudo soar aqui. Tosco, não. Posso me dar conta, no entanto, de que se trata de uma linha muito tênue, ou uma tábua muito estreita, mas gostaria de tentar andar sobre ela ainda por um minuto; esteja ou não preparado, eu esperei alguns bons anos para catar esses sentimentos e me livrar de todos eles.) Imensa variedade de boatos, claro, corre solta pelo mundo no que se refere ao artista de criatividade extraordinária, sensacional — e minha alusão aqui é apenas a pintores e poetas e *Dichter* propriamente ditos. Um desses boatos — e de longe, para mim, o mais eletrizante de todos —, é que ele nunca, nem mesmo na idade pré-psicanalítica das trevas, venerou profundamente seus críticos profissionais, e sim, na verdade, tendia a pensar neles, em sua visão de modo geral pouco confiável da sociedade, como parte do grupo de *echt* editores e marchands de arte e dos outros, quiçá invejavelmente ricos seguidores do mundo das artes que, ele mal parece ser capaz de aceitar, prefeririam obras diferentes, possivelmente mais limpas, se pudessem escolher. Mas o que, ao menos nos tempos modernos, acho que mais se ouve a respeito do poeta ou do pintor que são curiosamente-produtivos--conquanto-combalidos é que se trata invariavelmente de neuróticos de um tipo gigante mas inequivocamente "clássico", seres aberrantes que só vez por outra, e nunca de maneira profunda, desejam superar essa aberração; ou, com todas as palavras, um Doente que com rara frequência, ainda que se diga que ele nega esse fato de maneira pueril, solta terríveis gritos de dor, como se de bom grado aceitasse trocar tanto arte quanto alma pela possibilidade de sentir o que nos outros passa por bem-estar, e ainda assim (continua o boato) quando alguém arromba seu quartinho de aparência nada salutar e — com não rara frequência, no fundo, alguém que de fato tem amor por tal figura — lhe pergunta apaixonadamente onde está a dor, ele ou declina ou parece incapaz de discutir a questão por qualquer intervalo mais construtivo de tempo, e de manhã, quando até os grandes poetas e pintores putativamente se sentem um pouquinho mais animados, ele parece mais perversamente determinado que nunca a deixar sua doença seguir sua trajetória, como se à luz de outro dia, putativamente *útil*, tivesse lembrado que todos os homens, inclusive os saudáveis, um dia morrem, e normalmente com certo grau de deselegância, mas que *ele*, homem de sorte, está pelo menos sendo aniquilado pela companhia mais estimulante, com ou sem patologia, que conheceu na vida. De modo geral, por mais que isto possa soar traiçoeiro, vindo de mim, tendo apenas um desses artistas mortos na minha família mais próxima como venho insinuando durante toda esta quase polêmica, não vejo como se possa deduzir racionalmente que esse último boato (e palavrório) generalizado não seja baseado numa quantidadezinha bem decente de dados concretos. Enquanto meu notório parente estava vivo, eu o observei — quase literalmente, às vezes eu acho — como uma águia. Por toda e qualquer definição lógica, ele *era* um espécime enfermiço, ele *de fato*, em suas piores noites e fins de tarde, soltava não apenas gritos de dor mas pedidos de socorro, e quando o suposto socorro chegava, ele *de fato* declinava de dizer em linguagem perfeitamente inteligível onde estava a dor. Mesmo assim, eu abertamente implico com aqueles que se declaram experts nessas questões — os acadêmicos, os biógrafos e especialmente a atual aristocracia intelectual reinante, educada numa das grandes escolas psicanalíticas públicas —, e implico com eles com a maior acrimônia no que se refere a *isto*: eles não prestam a devida atenção nos gritos de dor quando eles soam. Não conseguem, é claro. São nobres sem ouvido musical. Com um equipamento tão defeituoso, com *aquele* ouvido, como é que uma pessoa conseguiria retraçar a origem da dor, graças apenas ao som e à qualidade, até encontrar sua fonte? Com ferramentas auditivas de tão má qualidade, o melhor, na minha opinião, que se pode detectar e talvez verificar, são uns poucos harmônicos perdidos e ralos — nem sequer um contraponto — vindos de uma infância difícil ou de uma libido desorganizada. Mas de onde, sem nem comparação, vem de fato a maior parte, toda uma ambulância carregada de dor? De onde ela *deve* provir? O verdadeiro poeta ou pintor não é um vidente? Não será ele, na verdade, o único vidente que temos na Terra? Percebe-se nitidamente que não é o cientista, e enfaticamente que não é o psiquiatra. (Seguramente o único grande poeta que os psicanalistas já tiveram foi o próprio Freud; ele tinha lá seus problemas de ouvido, não há dúvida, mas quem em sua sã consciência poderia negar que um poeta épico estava em ação ali?) Perdão, estou quase acabando aqui. Num vidente, qual parte da anatomia humana deveria por necessidade sofrer maiores abusos? Os *olhos*, certamente. Por favor, caro leitor geral, como último gesto de benevolência (se você ainda estiver aí), releia aquelas duas breves passagens de Kafka e Kierkegaard com que eu comecei. Não fica *claro*? Aqueles gritos não vêm direto dos olhos? Por mais que possa ser contraditório o documento do legista — seja ele um veredito de Consumpção ou Solidão ou Suicídio como causa da morte —, não fica claro como realmente morre o verdadeiro artista-vidente? Eu digo (e há uma enorme possibilidade de que tudo que se segue nestas páginas dependa completamente de eu estar pelo menos *quase* certo) — eu digo que o verdadeiro artista-vidente, o tolo celestial que pode produzir e de fato produz beleza, é fundamentalmente levado, atordoado, a morrer por seus escrúpulos, cegado pelas formas e cores da sua própria consciência humana sagrada.

Está dito o meu credo. Eu me recosto. Suspiro — feliz, receio dizer. Acendo um Murad e sigo, valha-me Deus, adiante.

Algo, agora — e logo, se eu puder — sobre aquele título, "Uma introdução", lá no alto quase no topo da marquise. Meu personagem principal aqui, ao menos nos lúcidos intervalos em que eu consigo me forçar a sentar e ficar razoavelmente quieto, será meu falecido irmão mais velho, Seymour Glass, que (e acho que prefiro dizer isso numa única sentença à moda dos obituários), em 1948, aos trinta e um anos de idade, enquanto passava férias na Flórida com a esposa, cometeu suicídio. Ele foi muita coisa para muita gente enquanto esteve vivo, e foi virtualmente tudo para os seus irmãos e irmãs na nossa família um tanto desmesuradamente grande. Claro que ele era tudo de *real* para nós: nosso unicórnio de listras azuis, nossa dupla lente de aumento incendiária, nosso gênio de aluguel, nossa consciência portátil, nosso supercargo e nosso único poeta pleno, e, inevitavelmente, acho eu, já que não apenas a reticência jamais foi seu forte mas ele passou quase sete anos de sua infância como estrela de um programa de perguntas no rádio, transmitido de costa a costa, de modo que não havia muito dele que não tivesse acabado no ar, de um jeito ou de outro — inevitavelmente, eu acho, ele foi também nosso algo notório "místico" e "figura descompensada". E como eu obviamente estou entrando com as quatro patas já assim de saída, enunciarei ainda — se é que se pode enunciar e berrar ao mesmo tempo — que, com ou sem um suicídio sendo tramado na sua cabeça, ele foi a única pessoa com quem eu convivi habitualmente, com quem eu dei as minhas voltas, que na maior parte do tempo batia com a concepção clássica, como eu a enxergava, de um *mukta*, um homem iluminado pra caramba, um conhecedor-de-Deus. De um jeito ou de outro, esse personagem não responde a nenhum tipo legítimo de compacidade narrativa que *eu* conheça, e não consigo imaginar qualquer pessoa, muitíssimo menos eu mesmo, tentando dar cabo dele por escrito de uma pancada só ou numa série razoavelmente simples de sessões de trabalho, sejam elas dispostas mensal ou anualmente. Ou seja: Meus planos originais para este espaço todo eram escrever um conto sobre o Seymour e lhe dar o título de "SEYMOUR UM", com o "UM" bem grande, como um auxílio extra para mim, Buddy Glass, mais que para o leitor — como um útil e cintilante lembrete de que outros contos (um Seymour Dois, Três e quem sabe Quatro) teriam logicamente que vir a seguir. Esses planos já não existem. Ou, se existem — e suspeito que seja mais esse o estado das coisas —, estão bem escondidos, tendo ficado subentendido, talvez, que vou bater três vezes na porta quando eu estiver pronto. Mas nesta ocasião eu sou tudo menos um contista, no que se refere ao meu irmão. O que eu *sou*, acho eu, é um dicionário de sinônimos composto de uma sequência ininterrupta de comentários à guisa de prefácio. Acredito que em essência eu permaneço sendo o que quase sempre fui — um narrador, mas com necessidades pessoais extremamente importantes. Eu quero apresentar, quero descrever, quero distribuir suvenires, amuletos, quero abrir a carteira e oferecer retratos, quero seguir meu faro. Nesse estado de espírito, não ouso nem me aproximar da forma do conto. Ela engole escritorezinhos gordos e sem distanciamento, como eu, sem nem mastigar.

Só que eu tenho muitas, mas muitas coisas que parecem inoportunas para te contar. Por exemplo, estou dizendo, catalogando tanto, e tão cedo, a respeito do meu irmão. Sinto que você *deve* ter percebido. Você pode também ter percebido — sei bem que isso não escapou completamente à *minha* atenção — que tudo que eu disse até agora sobre o Seymour (e sobre seu tipo sanguíneo em geral por assim dizer) foi ostensivamente encomiástico. E olha que isso me faz pensar. É bem verdade que eu não vim para enterrar, mas para exumar e, muito provavelmente, elogiar. Mesmo assim suspeito que a honra dos narradores frios e desapaixonados do mundo esteja ligeiramente em risco aqui. *Será* que o Seymour não tinha defeitos graves, vícios, maldades que possam ser listadas, nem que seja na pressa? O que ele era, afinal? Um *santo*?

Felizmente não é minha responsabilidade dar essa resposta. (Ah, meu dia de sorte!) Peço sua permissão para mudar de assunto e dizer, sem hesitação, que ele parecia a Heinz pela variedade de características pessoais que ameaçaram, em diferentes intervalos cronológicos de sensibilidade ou excesso de vulnerabilidade, levar cada menor de idade da família a afogar as mágoas na bebida. Em primeiro lugar, há evidentemente uma terrível marca típica comum a todas as pessoas que buscam a Deus, e aparentemente com enorme sucesso, nos lugares mais esquisitos que você possa imaginar — p. ex., em locutores de rádio, em jornais, em táxis com taxímetros viciados, literalmente qualquer lugar. (Meu irmão, diga-se de passagem, tinha um costume perturbador, durante quase toda a sua vida adulta, de investigar com o dedo indicador cinzeiros cheios, empurrando todas as pontas de cigarro para o lado — sorrindo de orelha a orelha enquanto fazia isso — como se esperasse ver o próprio Cristo angelicamente enrodilhado ali no meio, e sem jamais parecer desapontado.) A marca típica, então, do grau avançado de religiosidade, não sectarismo ou qualquer outra abordagem (e de bom grado incluo na definição de "religiosidade de grau avançado", por mais que a expressão seja odiosa, todos os cristãos nos termos do grande Vivekananda; ou seja: "Veja Cristo, então você é cristão; o resto é conversa fiada") — a marca típica que mais comumente identifica esse tipo de sentimento é que a pessoa com grande frequência age como tola, e até como imbecil. É uma provação para uma família que conta com uma figura verdadeiramente elevada, o fato de que nem sempre se pode confiar que ela vá agir como tal. Agora estou prestes a parar de listar coisas, mas não consigo, a esta altura, sem citar o que acho que era sua característica pessoal mais difícil. Tinha relação com o seu jeito de falar — ou, melhor, com a anômala variabilidade do seu jeito de falar. Vocalmente, ele ou era sucinto como o porteiro de um mosteiro trapista — às vezes por dias, semanas a fio — ou falava sem parar. Quando estava empolgado (e, para dizer com todas as letras, quase todo mundo vivia empolgando o Seymour, e aí, claro, correndo para sentar perto dele, para ter mais chance de aprender) — quando estava empolgado, ele não tinha dificuldade em falar por horas a fio, ocasionalmente sem a redenção de um único pinguinho da consciência de que uma ou duas ou dez outras pessoas estavam no mesmo recinto. Era um sujeito inspirado quando falava sem parar, é o que sugiro vigorosamente, mas, para dizer com *muita* delicadeza, nem o mais sublime dos indivíduos que falam sem parar é capaz de agradar sem parar. E digo isso, preciso acrescentar, movido menos por qualquer esplêndido impulso repulsivo de jogar "limpo" com o meu invisível leitor do que — bem pior, suponho — por acreditar que esse indivíduo em particular que fala sem parar não vai sofrer com crítica alguma. Certamente não com as minhas, pelo menos. Estou na posição singular de ser capaz de caracterizar meu irmão, sem rodeios, como uma *pessoa que fala sem parar* — o que é uma coisinha bem nojenta para dizer de alguém, acho eu — e ao mesmo tempo ficar recostado aqui, mais ou menos, receio, como um sujeito que tem as duas mangas cheias de ases, e recordar sem nem precisar fazer força toda uma legião de fatores mitigantes (e "mitigantes" nunca há de ser a palavra certa aqui). Posso condensar todos eles num só: Quando Seymour estava no meio da adolescência — com dezesseis, dezessete anos — ele não apenas tinha aprendido a controlar seu dialeto nativo, seus muitos, mas muitos maneirismos verbais nova-iorquinos bem menos que aristocráticos, mas àquela altura já tinha encontrado o seu próprio, verdadeiro e mais que perfeito vocabulário de poeta. Sua fala ininterrupta, seus monólogos, suas quase arengas, ficaram então tão perto de agradar do começo ao fim — para muitos de nós, pelo menos — quanto, digamos, a maior parcela da produção de Beethoven depois dele ter deixado de viver sob o peso da audição, e talvez eu esteja pensando especialmente, ainda que pareça meio detalhista, nos quartetos em si bemol maior e dó sustenido menor. Ainda assim, nós éramos uma família com sete filhos, originalmente. E, por acaso, ninguém ali era muito calado. Trata-se de questão de imensa importância quando seis outros verbalizadores de natureza profusa têm um campeão imbatível na casa. É verdade que ele jamais quis esse título. E tinha um desejo ardente de ver um ou outro de nós ganhar uma conversa ou discussão por pontos, ou meramente por resistência. Uma questiúncula que, claro, embora ele nunca tenha percebido — ele tinha seus pontos cegos, como todo mundo —, nos perturbava ainda mais. Continua sendo um fato que o título foi sempre dele, e por mais que eu ache que ele teria dado quase qualquer coisa neste mundo para perder essa posição — essa é a mais importante de todas as questões, é claro, e não vou poder explorá-la a fundo por mais alguns anos —, ele nunca encontrou uma forma cem por cento elegante de fazê-lo.

A esta altura, não me parece meramente coloquial mencionar que eu já escrevi sobre o meu irmão. A bem da verdade, se alguém insistir com certa delicadeza posso até vir a admitir que mal houve um momento em que eu não tenha escrito a respeito dele, e se, supostamente com uma arma apontada para mim, eu tivesse que sentar amanhã e escrever um conto

sobre um dinossauro, não duvido que inadvertidamente acabasse fazendo o dito-cujo com um ou outro pequeno manei-
rismo que evocasse o Seymour — um jeito singularmente
atraente de morder a pontinha da folha de cicuta, digamos,
ou de balançar seus dez metros de cauda. Algumas pessoas —
não amigos próximos — me perguntaram se muito do Seymour não acabou entrando no jovem protagonista do único
romance que eu publiquei. No fundo, em geral essas pessoas
não me *perguntaram*; elas me *disseram*. Protestar minimamente
contra isso, como acabei descobrindo, me enche de urticárias,
mas posso dizer que ninguém que tenha conhecido o meu irmão me perguntou ou me disse uma coisa dessas — o que me
deixa agradecido e, de certa forma, não pouco impressionado,
já que muitos dos meus personagens principais falam um man-
hattanês fluente e colorido, tem um dom generalizado de entrar sem abandonar toda esperança onde os malditos receiam
pisar, e são, via de regra, perseguidos por uma Entidade que
eu prefiro absolutamente identificar, de maneira bem superficial, como o Velho da Montanha. Mas o que eu posso e deveria
declarar é que escrevi e publiquei dois contos que a princípio
tratam diretamente do Seymour. O mais recente deles, publi-
cado em 1955, era um relato muitíssimo abrangente do dia do
casamento dele, em 1942. Os detalhes eram apresentados com
uma riqueza que possivelmente deixava de fora apenas a ideia
de entregar ao leitor um molde em sorbet da pegada de cada
convidado do casamento para ele poder levar para casa de
lembrança, mas o próprio Seymour — o prato principal — não
dava as caras em momento algum. Por outro lado, no conto
anterior, muito mais curto, que eu escrevi lá no fim dos anos
1940, ele não apenas aparecia em carne e osso, como caminhava, conversava, tomava um banho de mar e disparava um
tiro no cérebro no parágrafo final. No entanto, diversos membros da minha família mais próxima, ainda que algo espalhada

pelo território todo, que vivem futucando em busca de equívocos técnicos a prosa que eu publico, delicadamente me fizeram notar (com um excesso desgraçado de delicadeza, já que eles normalmente entram de sola como gramáticos) que o rapaz, o "Seymour", que caminhava e conversava naquele conto mais antigo, para nem falar do tal tiro, não era nem sequer parecido com o Seymour, mas, estranhamente, era uma pessoa com uma marcada semelhança — gol de placa, eu receio — comigo. O que é verdade, acho eu, ou verossímil o suficiente para fazer com que eu me sinta um acúleo da exprobração profissional. E por mais que não haja uma *boa* desculpa para esse tipo de *faux pas*, não posso deixar de mencionar que aquele conto em particular foi escrito poucos meses depois da morte de Seymour, e não muito depois de eu mesmo, como tanto o "Seymour" do conto quanto o Seymour da Vida Real, ter voltado do Front Europeu. Eu estava usando na época uma máquina de escrever alemã porcamente reabilitada.

Ah, essa felicidade é uma bebida forte. É uma liberdade maravilhosa. Eu sinto que estou *livre* para te contar exatamente o que você deve estar morrendo de vontade de ouvir agora. Quer dizer, se, como eu sei que é o caso, você ama acima de tudo neste mundo aqueles pequenos seres de espírito puro com uma temperatura normal de cinquenta graus, então a consequência natural é que a sua segunda criatura preferida seja a pessoa — que Ama a Deus ou Odeia a Deus (quase nunca, aparentemente, algo que fique no meio do caminho), o santo ou o dissoluto, moralista ou completo imoralista — que sabe escrever um poema que *é* um poema. Entre os seres humanos, ele é o pilrito-de-bico-comprido, e me apresso em te dizer o pouco que possa saber a respeito de seus voos, de seu calor, de seu incrível coração.

Desde princípios de 1948, eu estou montado — literalmente, pelo que pensa a minha família — num caderninho de folhas soltas habitado por cento e oitenta e quatro poemas curtos que meu irmão escreveu durante os últimos três anos da sua vida, tanto dentro quanto fora do exército, em geral dentro, bem dentro. Pretendo muito em breve — é apenas questão de dias, ou semanas, é o que digo a mim mesmo — sair da frente de cerca de cento e cinquenta desses poemas e deixar que o primeiro editor solícito de posse de um terno bem passado e de um par de luvas cinzentas mais ou menos limpas os leve embora, lá para a sua obscura gráfica, onde eles muito provavelmente hão de ser comprimidos numa sobrecapa em duas cores, com orelha e tudo mais, incluindo alguns comentários favoráveis curiosamente condenatórios, conforme solicitados e adquiridos junto àqueles "nomes" da poesia que não tenham escrúpulos quanto a comentar em público a obra de seus colegas de ofício (reservando normalmente seus mais sinceros elogios de péssima-vontade para os amigos, para aqueles que suspeitam ser inferiores, estrangeiros, esquisitices mais duvidosas e trabalhadores de outros campos), e então para as seções literárias dos jornais de domingo, onde, em havendo espaço, se a resenha da grande, nova, *definitiva* biografia de Grover Cleveland não ocupar espaço demais, serão sobriamente oferecidos aos leitores dedicados à poesia por algum membro do pequeno bando de pedantes da casa, modestamente assalariados ou fazedores-de-extras em quem se pode confiar para analisar livros novos de poesia em termos não necessariamente sábios ou passionais, mas sóbrios. (Eu não acho que venha a soar assim tão amargo de novo. Mas se acontecer, vou tentar ser igualmente transparente a respeito.) Agora, considerando-se que estou montado nos poemas há mais de dez anos, podia ser bom — refrescantemente normal ou não perverso, pelo menos — se eu fornecesse o que acho que são os dois motivos principais que escolhi para me levantar, para me alçar deles. E eu ia preferir enfiar os dois motivos no mesmo parágrafo, à moda das bolsas militares de viagem, em parte porque gostaria que ficassem perto um do outro, em parte porque tenho uma ideia quiçá impetuosa de que não vou precisar mais deles nesse périplo.

Primeiro, há o motivo da pressão familiar. Trata-se indubitavelmente de algo comum, talvez até bem mais comum do que eu possa querer saber, mas tenho quatro irmãos e irmãs mais jovens vivos, letrados, algo inconvenientemente articulados, de ascendência em parte judia, em parte irlandesa e pode bem ser que em parte minotáurica — dois meninos, um, Waker, um repórter-monge cartuxo que já foi itinerante, hoje na garagem, e o outro, Zooey, um ator não sectário por vocação e por escolha não menos vigorosas, com idades, respectivamente, de trinta e seis e vinte e nove anos; e duas meninas, uma promissora jovem atriz, Franny, e a outra, Boo Boo, saltitante matrona de Westchester com as finanças em dia, com idades, respectivamente, de vinte e cinco e trinta e oito anos. Com idas e vindas, desde 1949, do seminário e do colégio interno, da ala obstétrica do Hospital Feminino e da sala de estudos dos alunos intercambistas abaixo da linha-d'água do *Queen Elizabeth*, entre, por assim dizer, provas e ensaios de figurino e matinas e a ração das duas da tarde, todos esses quatro dignitários vêm oferecendo, pelo correio, uma série de ultimatos vagos, mas perceptivelmente lúgubres, do que vai acontecer comigo caso eu não *faça* alguma coisa, *logo*, a respeito dos poemas do Seymour. Deve-se registrar, talvez imediatamente, que além de ser um literato, eu sou membro não permanente do Departamento de Inglês de uma universidade feminina no norte do estado de Nova York, não muito longe da fronteira canadense. Vivo sozinho (mas desprovido de felinos, queria que todos soubessem) numa casinha totalmente modesta, para não dizer vergonhosa, cravada bem no meio da floresta no flanco mais inacessível de uma montanha. Sem contar alunas, docentes e garçonetes de meia-idade, eu vejo muito pouca gente durante a semana, ou o ano letivo. Pertenço, em suma, àquela espécie de recluso do mundo dos livros que, não duvido, pode ser coagido ou intimidado por correio com grande sucesso. Todo mundo, afinal, tem seu ponto de saturação, e eu não posso mais abrir a minha caixa de correio sem um tremor excessivo diante da perspectiva de encontrar, aninhado entre os panfletos de equipamento de fazenda e meus extratos bancários, um longo, verboso e ameaçador cartão-postal de um dos meus irmãos ou irmãs, dois dos quais, parece peculiarmente adequado acrescentar, usam canetas esferográficas. O meu segundo motivo principal para decidir abandonar os poemas, publicá-los, é, de certa forma, muito menos emotivo, no fundo, do que físico. (E nos leva, eu posso dizer, orgulhoso como um pavão, direto para os pântanos da retórica.) Os efeitos das partículas radiativas sobre o corpo humano, tão relevantes em 1959, não são tema novo para os amantes da poesia. Empregado com moderação, um verso de primeira categoria é uma excelente e veloz forma de termoterapia. Uma vez, no exército, quando tive o que se pode descrever como pleurisia ambulatorial por pouco mais de três meses, meu primeiro alívio de verdade veio apenas quando coloquei um poema lírico de Blake, de aparência perfeitamente inocente, no bolso da camisa e usei como emplastro por cerca de um dia. Mas os extremos são sempre arriscados e normalmente são de fato uma maldição, e os perigos do contato prolongado com qualquer espécie de poesia que pareça exceder o que de modo mais comum reconhecemos como a primeira categoria são terríveis. De todo modo, para mim seria um alívio ver os poemas do meu irmão removidos dessa regiãozinha acanhada, pelo menos por um tempo. Sinto que já tenho leves mas generalizadas queimaduras. E pelo que me parece o mais sólido dos motivos: Durante boa parte da adolescência e por toda a sua vida adulta, Seymour foi ligado, primeiro, à poesia chinesa, e depois, com a mesma intensidade, à japonesa, e a ambas de maneiras como não se ligou à poesia de nenhum outro lugar do mundo.* Não tenho alguma forma rápida de saber, é claro, o quanto meu caro, conquanto vitimizado, leitor geral tem ou não tem familiaridade com a poesia chinesa ou japonesa. Considerando-se, contudo, que mesmo uma *breve* discussão do tema tem a possibilidade de lançar não pouca luz sobre a natureza do meu irmão, não acho que seja este o momento para eu me tornar reticente e tolerante. Quando são mais impactantes, acredito eu, os versos clássicos chineses e japoneses são declarações compreensíveis que agradam ou iluminam ou ampliam o desavisado passante até quase acabar com ele. Eles podem ser, e muitas vezes são, agradáveis de ouvir, de uma maneira

---

* Como isso é uma espécie de registro, sou obrigado a resmungar, aqui embaixo, que ele lia poesia chinesa e poesia japonesa, na maior parte dos casos, como elas foram escritas. Numa outra ocasião, provavelmente me estendendo de maneira irritante — para mim, ao menos —, vou ter que me aprofundar numa estranha característica inata comum, em alguma medida a todos os sete filhos originais da nossa família, e tão pronunciada quanto uma perna curta em três de nós, que possibilitava que aprendêssemos línguas estrangeiras com extrema facilidade. Mas esta nota de rodapé é principalmente para os leitores jovens. Se, no cumprimento do dever, calhar de eu açular o interesse de alguns jovens pela poesia chinesa e japonesa, isso para mim seria uma notícia excelente. De toda maneira, que o tal jovem fique sabendo, se ainda não sabe, que uma quantidade bem decente de poesia chinesa de primeira categoria já foi traduzida para o inglês, com muita fidelidade e muito espírito, por várias pessoas destacadas; Witter Bynner e Lionel Giles são aqueles nos quais eu penso mais imediatamente. Os melhores poemas japoneses curtos — especialmente haiku, mas senryu também — podem ser lidos com especial satisfação quando R. H. Blyth trabalhou com eles. Blyth por vezes é um perigo, naturalmente, visto que ele próprio já é um poema antigo e despótico, mas também é sublime — e quem é que recorre à poesia em busca de segurança? (Este último elemento pedante, repito, é para os jovens, que escrevem para os autores e nunca recebem respostas desses animais. Eu também estou trabalhando, parcialmente, em nome do meu personagem epônimo, que era professor, também, o coitado.)

particular, mas de modo geral eu diria que a não ser que o verdadeiro forte de um poeta chinês ou japonês seja reconhecer um bom caqui ou um bom siri ou uma boa picada de mosquito num bom braço quando encontra uma dessas coisas, por mais que possam ser longas ou incomuns ou fascinantes suas tripas semânticas ou intelectuais, ou por mais que soem encantadoras quando tangidas, ninguém no Misterioso Oriente vai falar a sério dele como poeta, se é que vão falar. A minha incessante exaltação interna, que com razão, ainda que repetidamente, chamei de felicidade, está ameaçando, eu tenho consciência, transformar este texto inteiro no solilóquio de um tolo. Mas acredito que nem mesmo eu tenha a audácia de tentar dizer o que transforma um poeta chinês ou japonês na maravilha e na alegria que ele é. Algo, no entanto (quem diria?), por acaso me ocorre sim. (Não acho que seja exatamente o que estou procurando, mas não posso simplesmente jogar fora.) Uma vez, há um tempo medonho, quando o Seymour e eu estávamos com oito e seis anos de idade, nossos pais deram uma festa para quase sessenta pessoas nos nossos três cômodos e meio no velho Hotel Alamac, em Nova York. Eles estavam se aposentando oficialmente do vaudeville, e foi uma ocasião comovente, além de uma celebração. Nós dois tivemos permissão para sair da cama lá pelas onze e ir dar uma olhada. Demos mais do que uma olhada. A pedidos e sem a mais remota objeção da nossa parte, nós dançamos, cantamos, primeiro individualmente e depois juntos, como crianças na nossa situação muitas vezes acabam fazendo. Mas de modo geral simplesmente ficamos acordados, vendo. Lá pelas duas da manhã, quando as pessoas começaram a se despedir, o Seymour implorou que Bessie — a nossa mãe — o deixasse levar para as pessoas que estavam de saída seus casacos, que estavam pendurados, dobrados, jogados, empilhados por todo o nosso pequeno apartamento, inclusive no pé da cama da nossa irmã mais nova, que dormia.

Ele e eu conhecíamos intimamente cerca de uma dúzia daquelas pessoas, umas dez ou mais de vista e por reputação, e o resto mal conhecíamos, ou nem mesmo isso. Estávamos na cama, devo acrescentar, quando todos chegaram. Mas por ter ficado observando os convidados durante coisa de três horas, sorrindo para eles, por ter, acho eu, amado aquelas pessoas, o Seymour — sem fazer pergunta alguma — levou a quase todos os convidados, um a um ou aos pares, e sem nenhum equívoco, seus próprios casacos corretos, e os chapéus a todos os homens envolvidos. (Com os chapéus das mulheres ele teve certa dificuldade.) Agora, eu não estou necessariamente sugerindo que esse tipo de triunfo seja típico dos poetas chineses ou japoneses, e certamente não pretendo insinuar que isso faça deles o que são. Mas de fato acho que se um criador de versos chineses ou japoneses não souber qual casaco é de quem, à primeira vista, sua poesia tem poucas chances de um dia ficar madura. E oito anos, eu diria, está bem perto de ser o limite do período etário em que se pode dominar essa pequena habilidade.

(Não, não, agora eu não posso parar. O que me parece, com a minha Doença, é que eu não estou mais meramente afirmando a posição do meu irmão enquanto poeta; sinto que estou removendo, ao menos por um ou dois minutos, todos os detonadores de todas as bombas da merda deste mundo — uma cortesia pública bem minúscula, puramente temporária, sem dúvida, mas minha.) É ponto pacífico que os poetas chineses e japoneses preferem os temas simples, e eu me sentiria mais pateta que o normal se tentasse refutar essa posição, mas acontece que "simples" é uma palavra que eu pessoalmente odeio como a um veneno, já que — de onde eu venho, pelo menos, ela é tradicionalmente aplicada ao que seja imerecidamente breve, a tudo que poupe tempo, seja trivial, reles e editado. Descontadas as minhas fobias pessoais, não acredito de fato que *exista* palavra, em qualquer idioma — graças a Deus —, para descrever a escolha de temas dos poetas chineses ou japoneses. Fico imaginando quem poderia encontrar uma palavra para esse tipo de coisa: Um altivo membro pomposo de algum Gabinete, caminhando pelo seu jardim e revivendo um discurso particularmente devastador que fez naquela manhã em presença do Imperador, pisa, *com pesar*, num desenho a nanquim que alguém perdeu ou descartou. (Ai de mim, há um prosador entre nós; eu preciso usar itálico onde o poeta oriental não usaria.) O grande Issa há de nos lembrar alegremente que existe uma peônia bochechuda no jardim. (Nada mais, nada menos. Se decidimos ir ver por conta própria essa peônia bochechuda já é outro problema; ao contrário de certos prosadores e poetastros ocidentais, que não estou em posição de enumerar, ele não nos policia.) A mera menção do nome de Issa me convence de que o verdadeiro poeta não tem escolha quanto aos seus temas. É nitidamente o tema que o escolhe, e não o contrário. Uma peônia bochechuda não vai se desvelar para alguém que não seja Issa — não para Buson, não para Shiki, e nem mesmo para Bashô. Com certas modificações prosaicas, a mesma regra se sustenta no que se refere ao altivo membro pomposo do Gabinete. Ele não ousará pisar num papel desenhado, com um pesar divinamente humano, até que o grande plebeu, bastardo e poeta que era Lao Ti-kao esteja em cena para observar. O milagre da poesia chinesa e japonesa é que a voz de um poeta puro é absolutamente igual à de outro e ao mesmo tempo absolutamente distintiva e diferente. Tang-li divulga, quando está com noventa e três anos e é louvado abertamente por sua sabedoria e caridade, que as hemorroidas estão acabando com a sua vida. Em mais um e último exemplo, Ko-huang observa, com lágrimas escorrendo pelo rosto, que seu falecido mestre tinha péssimas maneiras à mesa. (Há o risco, sempre, de se incorrer numa rudeza algo excessiva para padrões ocidentais. Existe uma frase nos *Diários* de Kafka — uma entre muitas de autoria dele, na verdade — que poderia facilmente celebrar a chegada do Ano-Novo Chinês: "A mocinha que só por estar andando de braço com o namorado olhava tranquila em torno".) Quanto ao meu irmão Seymour — ah, então, meu irmão Seymour. Para esse oriental celto-semítico eu preciso de outro parágrafo, novinho em folha.

Extraoficialmente, Seymour escreveu e falou como um poeta chinês e japonês durante todos os trinta e um anos em que se deteve aqui entre nós, mas eu diria que ele fez a sua entrada formal na composição desse tipo de poesia quando tinha onze anos de idade, numa manhã, na sala de leitura do primeiro andar de uma biblioteca pública no alto da Broadway, perto de casa. Era um sábado, dia sem aulas, nada mais urgente diante de nós que o almoço, e estávamos nos divertindo bastante nadando à toa ou caminhando na água rasa entre as estantes, vez por outra pescando a sério em busca de novos autores, quando ele de repente fez um sinal para eu ir ver o que tinha encontrado. Tinha fisgado uma barafunda da poesia traduzida de P'ang, o prodígio do século XI. Mas a pesca, como sabemos, em bibliotecas ou qualquer outra parte, é uma atividade complexa, na qual jamais se sabe ao certo quem vai fisgar quem. (Os perigos da pesca em geral eram por si um dos temas favoritos de Seymour. Walt, nosso irmão mais novo, era excelente na pesca com alfinetes dobrados quando menininho, e ao completar nove ou dez anos ele recebeu um poema de Seymour — um dos maiores prazeres da vida dele, acredito eu — sobre um menino rico que fisga um lafayette no rio Hudson, sente uma dor violenta no lábio inferior ao tentar tirar o peixe da água, depois tira isso da cabeça, para acabar descobrindo quando está em casa com o peixe ainda vivo já em plena posse da banheira que ele, o peixe, está usando um bonezinho de sarja azul com o mesmo distintivo da escola em cima da aba que aparece no boné do menino; o menino encontra a etiqueta com o seu próprio nome costurada por dentro do minúsculo boné molhado.) Permanentemente, daquela manhã em diante, Seymour foi fisgado. Quando estava com catorze anos, um ou dois de nós ali na família já íamos com certa regularidade saquear os bolsos das jaquetas e dos paletós dele em busca de qualquer coisa boa que ele por acaso tivesse rabiscado durante uma pausa na aula de educação física ou na sala de espera do dentista. (Passou-se um dia desde a última frase, e nesse ínterim eu fiz uma ligação de longa distância das minhas Instalações Comerciais para a minha irmã Boo Boo, em Tuckahoe, para perguntar se havia algum poema entre os mais juvenis do Seymour que ela quisesse especialmente ver neste relato. Ela disse que me ligava de volta. A escolha dela acabou sendo tão exatamente adequada aos meus objetivos atuais quanto eu gostaria e, portanto, um pouquinho irritante, mas acho que vou superar. O poema que ela escolheu, eu por acaso sei, foi escrito quando o poeta tinha oito anos de idade: "John Keats/ John Keats/ John/ Por favor use o cachecol".) Quando estava com vinte e dois, ele já tinha um maço especial, não muito fino, de poemas que me pareciam muito, mas muito bons, e eu, que nunca escrevi uma linha à mão na vida sem imediatamente visualizar aquilo em fonte tamanho onze, de modo algo irascível o instei a tentar publicar aqueles poemas em algum lugar. Não, ele não achava que pudesse fazer isso. Ainda não; talvez nunca. Os poemas eram muito não ocidentais, muito flor de lótus. Ele disse achar que eram uma vaga afronta. Não tinha decidido exatamente de onde viria a afronta, mas sentia por vezes que os poemas pareciam ter sido escritos por um ingrato, de certa maneira, alguém que estava dando as costas — na realidade, ao menos — para o seu próprio ambiente e para as pessoas desse ambiente que lhe eram próximas. Disse que comia o que saía das nossas grandes geladeiras, dirigia os nossos carros americanos de oito cilindros, usava sem hesitação os nossos remédios quando ficava doente e confiava no exército dos EUA para proteger seus pais e suas irmãs contra a Alemanha de Hitler, e que nada, nenhuma coisinha em todos aqueles poemas, refletia essas realidades. Algo estava terrivelmente errado. Ele disse que tantas vezes depois de terminar um poema ele pensava na srta. Overman. Vale dizer que a srta. Overman era a bibliotecária da primeira sede da biblioteca pública de Nova York que nós frequentamos quando crianças. Ele disse dever à srta. Overman uma constante e minuciosa busca por uma forma de poesia que estivesse em consonância com seus próprios padrões singulares, e que no entanto não fosse totalmente incompatível, mesmo à primeira vista, com os gostos da srta. Overman. Quando terminou de dizer isso, eu lhe apontei, calmamente, com paciência — ou seja, é claro, berrando que nem um alucinado — quais eu julgava serem as fragilidades da srta. Overman como juíza, ou mesmo leitora, de poesia. Ele então me fez lembrar que no seu primeiro dia na biblioteca pública (sozinho, seis anos de idade), a srta. Overman, por mais que pudesse ficar devendo como juíza de poesia, abriu um livro numa ilustração da catapulta de Leonardo e pôs diante dele, e que não lhe dava prazer terminar de escrever um poema e saber que a srta. Overman teria dificuldade para se voltar àquele poema com prazer ou interesse, vindo, como provavelmente estaria, ainda agora de seu amado sr. Browning ou de seu igualmente amado, e não menos explícito, sr. Wordsworth. A briga — minha briga, para ele discussão — acabou aí. Você não pode brigar com alguém que acredita, ou apenas suspeita apaixonadamente, que a função do poeta não seja escrever o que deve escrever, mas, na verdade, escrever o que escreveria se a sua vida dependesse dele se responsabilizar pela ideia de escrever o que precisa escrever num estilo concebido para excluir a menor parcela humanamente possível de velhas bibliotecárias.

Para os fiéis, os pacientes, os hermeticamente puros, tudo de importante neste mundo — não a vida e a morte, quem sabe, que são meras palavras, mas as coisas importantes — acaba funcionando lindamente. Antes do seu fim, o Seymour teve mais de três anos do que deve ter sido a mais profunda satisfação que um artesão veterano tem o direito de sentir. Ele encontrou para si uma forma de versificação que lhe servia, que atendia suas mais antigas exigências para a poesia em geral, e que, acredito eu, estivesse ela ainda viva, a própria srta. Overman com grande probabilidade teria achado impressionante, quiçá até agradável de contemplar e certamente "interessante", desde que lhe prodigalizasse sua atenção como fazia com seus velhos zagais, Browning e Wordsworth. O que ele encontrou para si, concebeu para si próprio, é muito difícil de descrever.* Pode ser útil, para começar, dizer que o Seymour provavelmente amava o clássico haicai japonês de três versos e dezessete sílabas mais do que qualquer outra forma de poesia, e que ele mesmo escreveu — sangrou — haicais (quase sempre em inglês, mas por vezes, espero ter a devida relutância para acrescentar, em japonês, alemão ou italiano). Pode-se dizer, e quase certamente se dirá, que um poema da última fase do Seymour parece substancialmente uma tradução para o inglês de algum tipo de haicai duplo, se é que uma coisa dessas já existiu, e não acho que eu fosse tentar subterfúgios para negar tal ideia, mas tendo a ficar nauseado com a considerável

---

* A coisa normal e única possibilidade racional de ação neste momento seria tascar aqui um, dois, ou todos os cento e oitenta e quatro poemas para que o leitor visse por si próprio. Não posso fazer isso. Não sei nem ao certo se tenho direito de discutir a questão. O que eu tenho é a permissão de montar nos poemas, editar os poemas, cuidar deles e acabar escolhendo um editor de capa dura para eles, mas, em termos extremamente pessoais, eu fui proibido pela viúva do poeta, que legalmente detém os direitos sobre os poemas, de citar qualquer trecho deles aqui.

probabilidade de que algum fatigado mas incansavelmente jocoso membro de um Departamento de Letras em 1970 — não é impossível que venha a ser eu mesmo, que Deus me ajude — me apareça com a tiradinha de que um poema de Seymour está para um haicai como um martíni duplo está para um martíni comum. E o fato disso não ser verdade não vai necessariamente deter um pedante, se ele sentir que a turma está devidamente aquecida e pronta para essa. Enfim, enquanto posso, eu vou dizer com certa calma, cuidadosamente: um poema da fase final do Seymour é uma estrofe de seis versos, sem acentos definidos mas normalmente mais jâmbico do que não jâmbico, que, em parte devido à sua estima pelos falecidos mestres japoneses e em parte devido à sua própria inclinação natural, como poeta, por trabalhar dentro de restritas áreas de atração, ele deliberadamente limitou a trinta e quatro sílabas, ou o dobro do tamanho de um haicai clássico. Fora isso, nada presente em nenhum dos cento e oitenta e quatro poemas neste momento sob minha guarda se parece com qualquer outra coisa a não ser o próprio Seymour. Para dizer o mínimo, a acústica, até, é singular como o Seymour. Ou seja, cada um dos poemas é tão não grandiloquente, tão calado, quanto ele acreditava que um poema devesse ser, mas há breves rajadas intermitentes de eufonia (na falta de termo menos atroz), que em mim pessoalmente tem o efeito de alguém — certamente não uma pessoa de todo sóbria — abrindo a minha porta, tocando três ou quatro ou cinco notas inquestionavelmente lindas e profissionais numa corneta, sala adentro, e então sumindo. (Nunca vi um poeta dar a impressão de tocar corneta no meio de um poema, muito menos tocar algo lindo, e até prefiro não dizer quase nada a respeito. Nada, na verdade.) Com a sua estrutura de seis versos e essas estranhíssimas harmonias, o Seymour faz com um poema, acho eu, exatamente o que tinha de fazer. A imensa maioria dos cento e oitenta e quatro poemas tem um coração que é incomensuravelmente mais leve que altivo, e pode ser lida por qualquer um, em qualquer lugar, até em voz alta em orfanatos dos mais progressistas em noites tempestuosas, mas eu não recomendaria sem reservas os últimos trinta ou trinta e cinco poemas para nenhuma vivalma que não tenha morrido pelo menos duas vezes na vida, de preferência devagar. Os meus próprios favoritos, se é que eu tenho favoritos, e pode apostar que tenho mesmo, são os dois poemas finais da coleção. Não acho que esteja abusando dos direitos de ninguém se muito simplesmente disser do que eles tratam. O penúltimo poema é sobre uma esposa e mãe bem jovem que está nitidamente tendo o que aqui no meu antigo manual de matrimônio se chama de uma relação extraconjugal. Seymour não a descreve, mas ela aparece no poema bem quando aquela sua corneta está fazendo algo extraordinariamente eficaz, e eu a vejo como uma moça terrivelmente linda, moderadamente inteligente, imoderadamente feliz, e que não me surpreenderia se morasse a uma ou duas quadras do Metropolitan Museum of Art. Ela chega em casa tarde da noite depois de um encontro — na minha cabeça, de olho pesado, manchada de batom — e vê um balão sobre a colcha da cama. Alguém simplesmente deixou ali. O poeta não diz, mas não há como não se tratar de um grande balão inflável de brinquedo, provavelmente verde, como o Central Park na primavera. O outro poema, o último da coleção, é sobre um jovem viúvo suburbano que está à noite sentado no seu gramadinho, implicitamente de pijama e de roupão, para ver a lua cheia. Um gato branco enfastiado, claramente membro da família, vem até ele e rola de barriga para cima, e ele deixa o gato morder sua mão esquerda enquanto fica olhando a lua. Esse último poema, na verdade, podia muito bem ter um interesse adicional para o meu leitor geral por dois motivos bem especiais. Eu gostaria muitíssimo de discuti-los.

Como cabe a quase toda poesia, e combina enfaticamente com qualquer poesia que tenha uma marcada "influência" chinesa ou japonesa, os poemas do Seymour são todos tão secos quanto possível e invariavelmente não ornamentados. Contudo, quando veio passar um fim de semana aqui comigo, há cerca de seis meses, minha irmã mais nova, Franny, enquanto por acaso revirava as gavetas da minha mesa, encontrou esse poema do viúvo que eu acabo de (criminosamente) delinear; ele tinha sido destacado do volume principal da coleção para ser recopiado. Por motivos que neste momento não são estritamente pertinentes, ela nunca tinha visto o poema antes, e portanto, naturalmente, leu ali mesmo. Depois, conversando comigo a respeito dele, disse que ficou pensando por que o Seymour teria dito que era a mão esquerda que o jovem viúvo deixava o gato morder. Aquilo a incomodou. Ela disse que parecia mais algo meu que do Seymour, aquela questão da "esquerda". Descontada, é claro, a caluniosa insinuação sobre a minha paixão profissional cada vez maior por detalhes, acho que o que ela quis dizer foi que o adjetivo lhe pareceu intrusivo, explícito demais, não poético. Eu contra-ataquei com meus argumentos, e estou preparado, honestamente, para fazer o mesmo com *você* também, se necessário. Eu por mim tenho certeza de que o Seymour achou de importância vital sugerir ter sido a esquerda, a mão não dominante, aquela na qual o jovem viúvo deixou o gato cravar seus dentinhos pontudos como agulhas, deixando assim a direita livre para socar o peito ou a testa — análise que para muitos leitores pode parecer muito, mas muito cansativa mesmo. E pode ser verdade. Mas eu sei o que o meu irmão achava das mãos humanas. Além disso, há outro aspecto, de tremenda importância, relativo a essa história. Pode parecer uma decisão de mau gosto até mesmo abordar esse assunto — mais ou menos como insistir em ler o script inteiro de *Abie's Irish Rose* por telefone para um total desconhecido —, mas Seymour era metade judeu, e por mais que eu não possa confrontar a autoridade absoluta do grande Kafka nessa questão, posso arriscar da maneira mais sóbria, aos quarenta anos de idade, que qualquer homem inteligente com algo de sangue semítico nas veias vive ou terá vivido em termos estranhamente íntimos, de quase recíproca familiaridade, com as suas mãos, e por mais que possa seguir a vida por anos e anos figurativa *ou* literalmente com as mãos nos bolsos (não sempre, eu receio, completamente ao contrário de dois antigos amigos ou parentes intrometidos que ele preferia não trazer consigo para a festa), ele vai, acho eu, usar essas mãos, colocá-las à mostra muito rapidamente, numa crise, e muitas vezes fazer algo drástico com elas em momentos de crise, tal como mencionar, de maneira nada poética, no meio de um poema, que foi a mão esquerda que o gato mordeu — e a poesia, claro, é um momento de crise, talvez o único realmente nosso, em relação ao qual podemos fazer alguma coisa. (Peço perdão pelo palavrório. Infelizmente, deve haver mais.) Meu segundo motivo para pensar que aquele poema em particular pode ser de interesse adicional — e, espero, real — para o meu leitor geral é a peculiar força pessoal que está embutida nele. Eu nunca tinha visto uma coisa como aquela em livro, e, posso mencionar sem prudência, desde a primeira infância até bem depois dos meus trinta anos raras vezes li menos de duzentas mil palavras por dia, e muitas vezes fiquei mais perto de quatrocentas. Aos quarenta, é bem verdade, até o menor dos apetites já é raro para mim, e quando não é necessário que eu inspecione redações pertencentes seja a alguma mocinha seja a mim mesmo, normalmente leio muito pouco além de ríspidos cartões-postais de parentes, catálogos de sementes, boletins de observadores de aves (de um tipo ou de outro), e pungentes bilhetes de Melhoras enviados por antigos leitores que de alguma maneira receberam a falsa informação de que eu passo seis meses por ano num mosteiro budista e os outros seis num hospício. O orgulho do não leitor, no entanto, eu sei muito bem — ou, na verdade, o orgulho de um consumidor de livros marcadamente cerceado —, é ainda mais ofensivo que o orgulho de certos leitores a granel, e assim eu tentei (acho que digo isso a sério) manter ativa uma boa parcela da minha antiquíssima presunção literária. Um dos seus elementos mais grosseiros é o fato de eu normalmente saber dizer se um poeta ou prosador está se baseando em experiências de primeira, segunda ou décima mão, ou se está nos impingindo o que ele preferia imaginar tratar-se de pura invenção. E no entanto, quando eu li pela primeira vez aquele poema do jovem-viúvo-com-o-gato, lá em 1948 — ou, melhor, quando ouvi a leitura do poema —, achei muito difícil acreditar que o Seymour não tivesse perdido ao menos uma esposa da qual ninguém da família soubesse. Mas não tinha, claro. Não (e os primeiros rubores aqui, se houver, serão do leitor, não meus) — não nesta encarnação, pelo menos. Nem, até onde possa ir meu algo extenso e algo tortuoso conhecimento do sujeito, teve ele nenhuma relação mais próxima com algum jovem viúvo. Como último comentário, totalmente inadequado, a respeito disso, ele mesmo estava tão longe de ser um viúvo quanto qualquer homem jovem dos Estados Unidos possa estar. E por mais que seja possível que, em momentos disparatados, de tormento ou de empolgação, todo homem casado — Seymour, só em termos de possibilidades, ainda que quase exclusivamente hipotéticos, inclusive — reflita sobre como seria a vida com a patroa fora do esquema (com a implicação aqui de que um poeta de primeiro time pudesse elaborar uma bela elegia a partir desse tipo de devaneio), a possibilidade aqui me parece mero combustível para os psicólogos e certamente tem pouco a ver com o que pretendo dizer. O que eu quero dizer é — e vou tentar, por mais que pareça improvável, dizer sem circunlóquios — que quanto mais pessoais os poemas do Seymour parecem ser, ou *são*, menos revelador é o seu conteúdo de quaisquer detalhes da efetiva vida cotidiana dele neste nosso mundo ocidental. O meu irmão Waker, na verdade, defende (e torçamos para que o abade dele nunca fique sabendo) que o Seymour, em muitos dos seus poemas mais felizes, parece estar partindo dos sucessos e fracassos de existências anteriores, peculiarmente memoráveis, na periferia de Benares, no Japão feudal e na metrópole de Atlântida. Eu me detenho aqui, é claro, para dar ao leitor a oportunidade de erguer as mãos ao céu, ou, mais provável, lavar as mãos e desistir de todos nós. Mesmo assim, imagino que todos os filhos vivos da nossa família concordariam algo enfaticamente com Waker a respeito disso, ainda que um ou dois, quem sabe, com certas reservas. Por exemplo, na tarde do dia do seu suicídio, o Seymour escreveu um perfeito haicai à maneira clássica no mata-borrão do seu quarto de hotel. Eu não gosto muito da minha tradução literal do poema — ele escreveu em japonês —, mas o poema trata de uma menininha num avião, que está com uma boneca cuja cabeça ela fica virando para que olhe para o poeta. Cerca de uma semana antes do poema ser escrito de fato, o Seymour realmente foi passageiro num voo comercial, e minha irmã Boo Boo sugeriu de modo algo traiçoeiro que pode ter *havido* uma menininha com sua boneca a bordo desse avião. Já eu duvido. Não necessariamente sem margem para oscilação, mas duvido. E se foi esse *mesmo* o caso — coisa em que não acredito nem por um minuto —, eu apostaria que a criança nunca tentou chamar a atenção da amiga para o Seymour.

Estou me estendendo demais a respeito da poesia do meu irmão? Estou tagarelando? Sim. Sim. Estou me estendendo demais a respeito da poesia do meu irmão. Estou tagarelando. E isso me incomoda. Mas os meus motivos para não parar ficam se multiplicando qual coelhos enquanto eu vou seguindo.

Além do mais, embora eu seja, como já registrei de maneira conspícua, um escritor satisfeito, declaro sob juramento que não sou agora e nunca fui um escritor alegre; por sorte me foi concedida a cota tradicional de pensamentos não alegres dos membros da minha profissão. Por exemplo, não foi só agora que me ocorreu que quando eu der conta de relatar o que sei do próprio Seymour, não posso esperar deixar para mim mesmo nem o espaço nem o ritmo cardíaco necessários, e nem, num sentido amplo mas real, a inclinação de mencionar de novo a poesia dele. Neste mesmíssimo instante, de maneira inquietante, enquanto agarro o meu próprio pulso e me censuro pela tagarelice, eu posso estar perdendo a melhor chance da minha vida — a minha última chance, acho, no fundo — de fazer uma definitiva, rouca, repreensível e abrangente avaliação pública da posição do meu irmão como poeta americano. Não posso deixar a oportunidade escapar. Aqui vai: Quando eu releio, reouço, a meia dúzia ou pouco mais que isso de poetas originais que tivemos nos Estados Unidos, bem como os numerosos poetas excêntricos de talento e — nos tempos modernos, especialmente — os vários desviantes estilísticos talentosos, sinto algo que se aproxima da convicção de que nós tivemos apenas três ou quatro poetas que estiveram *muito* perto de não ser de jogar fora, e acho que o Seymour um dia ficará entre eles. Não da noite para o dia, *verständlich — zut*, fazer o quê? O meu palpite, meu palpite talvez ponderado em flagrante excesso, é que as primeiras ondas de resenhistas vão condenar os versos dele de maneira oblíqua dizendo que são Interessantes ou Muito Interessantes, com uma declaração tácita ou simplesmente mal articulada mesmo, ainda mais condenatória, de que se trata de coisinhas pequenas, subacústicas, que não conseguiram chegar ao cenário ocidental contemporâneo trazendo o seu próprio pódio transatlântico já embutido, completinho, com atril, copo e jarra de água gelada do mar. E no entanto um artista de verdade, pelo que venho percebendo, consegue sobreviver a qualquer coisa. (Até a elogios, eu felizmente suspeito.) E lembro também que uma vez, quando nós éramos pequenos, o Seymour me acordou de um sono profundo, muito empolgado, com o seu pijaminha amarelo brilhando no escuro. Ele estava com o que meu irmão Walt chamava de a sua Cara de Eureca e queria me dizer que achava que finalmente sabia por que Cristo disse para não se chamar ninguém de Louco. (Era um problema com que ele estava embatucado havia uma semana, porque lhe soava como um conselho, acho eu, mais típico de um manual de etiqueta do que de alguém que estivesse lidando com a Obra do Pai.) Cristo tinha dito aquilo, o Seymour achou que eu ia querer saber, porque não existem loucos. Otários, sim — loucos, não. Ele achava que isso bem valia me acordar, mas se eu admitir que era verdade (e admito, sem reservas), vou ter que ressaltar que se você der tempo suficiente até para os críticos de poesia, eles hão de se provar não loucos. Para não faltar com a verdade, é uma ideia que me parece difícil de engolir, e fico feliz por poder seguir em frente, para outros assuntos. Cheguei, mais do que finalmente, ao verdadeiro cerne desta compulsiva e, receio, ocasionalmente algo pustulosa disquisição a respeito da poesia do meu irmão. Eu sabia desde o começo que este momento ia chegar. Como eu queria que o leitor tivesse algo horrendo para me contar primeiro. (Ah, você aí fora — com esse seu invejável silêncio de ouro.)

Eu tenho uma premonição recorrente e, em 1959, quase crônica de que quando os poemas do Seymour tiverem sido ampla e algo oficialmente reconhecidos como obras de Primeira Categoria (pilhas de volumes nas livrarias universitárias, leitura obrigatória em cursos de Poesia Contemporânea), mocinhos e mocinhas matriculados vão aparecer, sozinhos e em duplas, com cadernos na mão, diante da minha algo rangente porta. (É de lamentar que essa questão tenha tido que aparecer, mas seguramente já é tarde demais para fingir uma ingenuidade, para nem falar de uma elegância, que eu não tenho, e preciso revelar que a minha prosa, com fama de ter furinho no queixo, já me coroou como um dos mais adorados charlatães a serem publicados desde Ferris L. Monahan, e não poucos jovens afiliados ao Departamento de Letras já sabem onde eu moro, ou me escondo; posso mostrar as marcas de pneus nos meus canteiros de rosa como prova.) De modo bem geral, eu diria sem um fiapo de hesitação que há três tipos de aluno que têm tanto o desejo quanto a temeridade de olhar com toda a desfaçatez possível os dentes de qualquer cavalo literário que lhes seja dado. O primeiro tipo é o rapaz ou a moça que ama e respeita alucinadamente qualquer tipo de literatura minimamente responsável e que, se não consegue ver bem o seu Shelley, vai se virar procurando fabricantes de produtos inferiores mas dignos. Conheço bem esses rapazes e moças, ou acho que conheço. Eles são ingênuos, são vivazes, entusiasmados, via de regra estão aquém de ter razão, e são a esperança, sempre, acho eu, da sociedade literária enfastiada ou vicariamente interessada do mundo inteiro. (Por algum lance de sorte que eu não posso acreditar ter merecido, tive um desses rapazes ou moças efervescentes, convencidos, irritantes, instrutivos e muitas vezes encantadores uma vez a cada dois ou três cursos que ministrei nos últimos doze anos.) O segundo tipo de jovem que chega de fato a tocar campainhas em busca de dados literários sofre, com certo orgulho, de um caso de academite, contraída de algum membro da meia dúzia de catedráticos ou professores assistentes de literatura moderna a que esteve exposto desde o seu ano de calouro. Não raro, se ele mesmo já está dando aulas ou prestes a começar a dar aulas, a doença se encontra em estágio tão avançado que se chega a duvidar da possibilidade de que seja controlada, mesmo que se estivesse plenamente capacitado para tentar. Foi ainda no ano passado, por exemplo, que um rapaz veio me procurar para tratar de algo que eu escrevi, muitos anos atrás, que tinha bastante a ver com Sherwood Anderson. Ele veio na época em que eu cortava parte do meu suprimento de lenha para o inverno com uma motosserra a gasolina — instrumento do qual, depois de oito anos de uso constante, ainda morro de medo. Era o auge do derretimento da neve, na primavera, um lindo dia de sol, e eu estava me sentindo, honestamente, só um tantinho thoreauiano (o que é uma bela felicidade para mim, porque depois de treze anos de vida no campo ainda sou um homem que avalia as distâncias bucólicas em quadras-padrão da cidade de Nova York). Em resumo, parecia uma tarde promissora, conquanto literária, e lembro que tinha grandes esperanças de fazer o rapazote, à la Tom Sawyer com seu balde de cal, testar minha motosserra. Ele parecia saudável, para não dizer robusto. Sua aparência enganadora, no entanto, passou bem perto de me custar o pé esquerdo, pois entre trancos e zumbidos da minha serra, exatamente quando eu acabava de terminar um curto e, para mim, satisfatório encômio ao estilo delicado e eficiente de Sherwood Anderson, o rapaz me perguntou — depois de uma pausa meditativa, cruelmente promissora — se eu achava que havia um Zeitgeist americano endêmico. (Coitado desse rapaz. Mesmo que se cuide excepcionalmente bem, ele na melhor das hipóteses não vai ter mais de cinquenta anos de uma bem-sucedida atividade acadêmica pela frente.) O terceiro tipo de pessoa que vai fazer constantes visitas por aqui, acredito eu, depois que os poemas do Seymour forem detalhadamente analisados e rotulados, requer um parágrafo apenas para ele, ou ela.

Seria absurdo dizer que a atração que a maioria dos jovens sente pela poesia é superada, em muito, pela sua atração por aqueles poucos ou muitos detalhes da vida de um poeta que podem aqui ser definidos, frouxa e funcionalmente, como escandalosos. É o tipo de ideia absurda, no entanto, que não me incomodaria testar academicamente dia desses. Eu certamente penso, ao menos, que se fosse pedir às sessenta e antas moças (ou, melhor, sessenta e tantas moças) das minhas duas turmas de Escrever para Publicar— quase todas alunas de quarto ano, todas alunas de letras — que citassem um verso, qualquer verso de "Ozymandias", ou até que só me dissessem em termos bem gerais qual o tema do poema, é de duvidar que dez delas conseguissem cumprir alguma dessas tarefas, mas eu apostaria as minhas tulipas que ainda nem brotaram que umas cinquenta delas seriam capazes de me dizer que Shelley era pró-amor livre, e que teve uma esposa que escreveu *Frankenstein* e outra que se afogou.* Não fico nem chocado nem ultrajado com isso, veja bem. Acho que não estou nem reclamando. Pois se ninguém é louco, eu também não sou, e tenho direito ao meu dia de não louco ao sol sabendo que, sejamos nós quem formos, por mais que o calor das velas no nosso bolo de aniversário pareça o de uma fornalha, e por mais supostamente

---

* Só para provar que estou certo eu podia estar envergonhando minhas alunas sem motivo aqui. Professores de escola já fizeram isso. Ou talvez eu tenha simplesmente escolhido o poema errado. Se é verdade, como eu maldosamente propus, que "Ozymandias" deixou minhas alunas perceptivelmente não impressionadas, talvez boa parte da culpa caiba ao próprio "Ozymandias". Talvez o Insano Shelley não fosse assim tão insano. É certeza, ao menos, que a loucura dele não era uma loucura do coração. As minhas moças sem sombra de dúvida sabem que Robert Burns bebia e pintava o sete sem limites, e provavelmente acham isso encantador, mas tenho a mesma certeza de que elas também sabem tudo a respeito do magnífico camundongo que o seu arado desencavou. (É algo possível, fico pensando, que aquelas "duas vastas pernas de pedra sem tronco" paradas no deserto sejam do próprio Percy? Será concebível que a vida dele esteja sobrevivendo a tantos dos seus poemas? E, se sim, será porque — Ora, eu desisto. Mas, jovens poetas, cuidado. Se vocês querem que nós lembremos os seus melhores poemas no mínimo tanto quanto lembramos com carinho as suas Vidas Picantes e Coloridas, pode bem ser o caso de vocês nos darem um belo de um camundongo, desenterrado pelo coração, a cada estrofe.)

elevadas as altitudes intelectuais, morais e espirituais que tenhamos todos alcançado, nosso apetite pelo escandaloso ou parcialmente escandaloso (que, é claro, inclui fofocas tanto superiores quanto baixas) é provavelmente o último dos nossos impulsos corpóreos que será saciado ou eficazmente controlado. (Mas, meu Deus, por que eu estou deblaterando? Por que é que não vou direto ao poeta em busca de uma ilustração? Um dos cento e oitenta e quatro poemas do Seymour — um choque apenas no primeiro impacto; no segundo, um dos mais encorajadores hinos à vida que já li — trata de um velho asceta em seu leito de morte, cercado por sacerdotes e discípulos que entoam cânticos, ali deitado se esforçando para ouvir o que a lavadeira no pátio está dizendo sobre a roupa suja da vizinha. O velho cavalheiro, Seymour deixa claro, está vagamente desejando que os sacerdotes cantassem um pouquinho mais baixo.) Mas eu posso ver que estou com um *pouco* da dificuldade usualmente acarretada pela tentativa de se manter uma generalização muito conveniente paradinha e mansa pelo tempo que baste para ela sustentar uma premissa específica bem selvagem. Não me agrada particularmente abordar isso tudo com sensatez, mas imagino que seja necessário. Na minha opinião, trata-se de uma verdade indiscutível o fato de que muitos povos, por todo o mundo, de idades, culturas e capacidades naturais diferentes, reagem com um ímpeto especial, com um viço até, em certos casos, a artistas e poetas que, além de terem a reputação de produzir arte excelente ou decente, têm algo exuberantemente errado como pessoas: um defeito espetacular de caráter, ou cívico, uma aflição ou um vício que possam ser vistos como traço romântico — egotismo radical, infidelidade marital, falta de ouvido musical, falta de olho artístico, uma sede terrível, uma tosse mortalmente grave, uma quedinha por prostitutas, uma inclinação por adultério ou incesto em grande escala, uma fraqueza verificada ou não verificada por ópio ou sodomia, e assim por diante, Deus tenha piedade dos coitados, tão sozinhos. Se o suicídio não está no alto da lista das enfermidades mais atraentes para os homens criativos, o poeta ou artista suicida, não se pode deixar de perceber, sempre recebeu uma atenção bem considerável, ávida, não raro com bases quase exclusivamente sentimentais, como se fosse (para dizer em termos bem mais horrendos do que de fato pretendo) o filhotinho menor e mais fraco da ninhada, de orelhas caídas. É uma ideia, enfim, *finalmente está dito*, que me fez perder o sono muitas vezes e pode muito bem fazer de novo.

(Como eu posso registrar o que acabo de registrar e ainda ser feliz? Mas sou. Nada animado, nada alegre, até a medula, mas minha disposição parece ser à prova de esvaziamento. O que recorda apenas uma pessoa que eu conheci na vida.) Você nem consegue imaginar o tipo de planos grandiosos, de esfregar as mãozinhas mesmo, que eu tinha para este espaço aqui. Parece no entanto que eles foram projetados para ficar muito bem no fundo do meu cesto de papel. Eu *queria* aqui aliviar o peso desses dois últimos parágrafos com ar de meia-noite através de algumas tiradas ensolaradas, um par, combinado, do tipo que gera um tapa na perna de felicidade e que tantas vezes, imagino eu, deixa meus colegas contadores de história todos verdes de inveja ou de náusea. Era minha intenção, aqui, dizer ao leitor que quando, ou se, os jovens vierem me ver para falar da vida ou da morte do Seymour, uma curiosa aflição pessoal, minha, infelizmente tornaria impossíveis tais audiências. Eu planejava mencionar — só de passagem, porque isso será desenvolvido de maneira mais extensa, interminavelmente, espero, num outro momento — que eu e o Seymour, quando crianças, passamos juntos quase sete anos respondendo perguntas num programa de uma rede de rádio, e que desde que nós saímos oficialmente do ar, eu basicamente tenho, a respeito de qualquer um que me pergunte nem que seja que horas são, a mesma opinião que Betsey Trotwood tinha de jumentos. E, depois, pretendia divulgar que após cerca de doze anos como professor de universidade eu sou hoje, em 1959, vítima de frequentes ataques do que meus colegas de departamento têm lisonjeiramente considerado, creio eu, ser a doença de Glass — em termos laicos, um espasmo patológico das regiões lombares e do baixo-ventre, que leva um professor fora de sala de aula a imediatamente se encolher todo e apressadamente atravessar ruas ou se esconder embaixo de móveis grandes ao ver qualquer pessoa com menos de quarenta anos se aproximando. No entanto, nenhum desses gracejos vai funcionar no meu caso. Há em alguma medida uma perversa verdade nos dois, mas não o suficiente, nem de longe. Pois acaba de me ocorrer, entre um parágrafo e outro, o terrível e incontornável fato de que eu *desejo* falar, ser questionado, ser interrogado a respeito deste falecido em particular. Acabo de me dar conta de que, descontados muitos outros — e, espero em Deus, muito menos ignóbeis — motivos, eu sou presa da ideia de sempre dos sobreviventes, de ser a única vivalma que conheceu intimamente o morto. *Ah, vinde então* — os imberbes e empolgados, os acadêmicos, os curiosos, os altos e baixos e os sabichões! Que cheguem às carradas, caiam de paraquedas, com suas Leicas. Minha cabeça fervilha com graciosos discursos de boas-vindas. Uma das mãos já procura a caixa de detergente, e a outra o serviço de chá que precisa ser lavado. O olho injetado treina ficar claro. *O velho tapete vermelho está estendido.*

Uma questão bem delicada agora. Um tantinho *grosseira*, é bem verdade, mas delicada, muito delicada.

Considerando que essa questão pode não aparecer com o desejável grau de detalhamento, ou com um imenso grau de detalhamento, mais à frente, acho que o leitor deve ficar sabendo agora mesmo, e de preferência deveria manter isso em mente até o final, que todos os filhos da nossa família eram, são, descendentes de uma dupla linhagem, espantosamente longa e variegada, de profissionais do palco. De modo geral, falando em termos genéticos, ou resmungando em termos genéticos, nós cantamos, dançamos, e (você ainda duvida?) contamos Piadas Engraçadas. Mas acho peculiarmente importante manter em mente — e o Seymour também achava, já desde a infância — que também existe entre nós uma vasta miscelânea de gente de circo e de artistas, digamos assim, às margens do circo tradicional. Um bisavô meu (*e* do Seymour), para dar um exemplo reconhecidamente apetitoso, era um palhaço de parques de diversão bem famoso na Polônia, chamado Zozo, e tinha certa inclinação — até os seus últimos dias, é necessário reconhecer — para mergulhar de alturas imensas em pequenos recipientes cheios d'água. Outro bisavô meu e do Seymour, um irlandês chamado MacMahon (que minha mãe, com o meu eterno reconhecimento, nunca se sentiu tentada a mencionar como "um homem querido"), era um trabalhador autônomo que dispunha algumas garrafas vazias de uísque em oitavas musicais num descampado e então, quando uma plateia pagante estava reunida, dançava, pelo que nos disseram, bem musicalmente sobre a lateral das garrafas. (Assim, você certamente há de aceitar minha palavra quanto a isso, nós temos, entre outras coisas, alguns malucos na árvore genealógica.) Nossos próprios pais, Les e Bessie Glass, tinham um número bem convencional mas (*nós* acreditávamos) bastante bom de fala-canto-e-dança, no vaudeville e no teatro de revista, chegando a ser quase os astros principais na Austrália (onde eu e o Seymour passamos cerca de dois anos, na soma dos espetáculos, da nossa primeiríssima infância), mas depois, também, alcançando muito mais que uma notoriedade passageira nos velhos circuitos Orpheum e Pantages, aqui nos Estados

Unidos. Na opinião de não poucas pessoas, eles podiam ter continuado como número de vaudeville por muito mais tempo até. Mas Bessie tinha lá seus planos. Não só ela sempre teve certa aptidão para ler garatujas nas entrelinhas — o vaudeville de dois espetáculos por dia já em 1925 estava quase acabado, e Bessie tinha, como mãe e como dançarina, a mais vigorosa convicção contrária à ideia de fazer quatro espetáculos por dia para os grandes teatros novos, que não paravam de surgir, juntando cinema *e* vaudeville —, mas, ainda mais importante que isso, desde a infância em Dublin, quando sua irmã gêmea sucumbiu, nos bastidores, a uma subnutrição galopante, a Segurança, sob qualquer aparência, tinha uma atração fatal para Bessie. De toda maneira, na primavera de 1925, no fim de uma temporada meia boca no Albee, no Brooklyn, com cinco filhos de cama com sarampo alemão em nada imponentes três cômodos e meio do Hotel Alamac, em Man*hat*tan, e a sensação de que estava grávida de novo (sensação equivocada, ao que parece; os mais novos da família, Zooey e Franny, só foram nascer em 1930 e 1935, respectivamente), Bessie de repente recorreu a um admirador com mais do que legítima "influência", e meu pai começou a trabalhar no que ele invariavelmente chamou, por anos e anos a fio, sem nenhum receio real de se ver contradito pelas pessoas da casa, de esfera ministrativa da rádio comercial, e a longa turnê do duo Gallagher & Glass se viu oficialmente encerrada. O que eu estou principal*men*te tentando fazer aqui, no entanto, é encontrar a maneira mais sólida de sugerir que essa curiosa tradição de palco-e-picadeiro foi uma realidade quase onipresente e completamente significativa na vida de todos os sete rebentos da nossa família. Os dois mais jovens, como já mencionei, são, na verdade, profissionais do teatro. Mas não se pode traçar algum limite *definitivo* aqui. A mais velha das minhas duas irmãs, para quase todo mundo que olhar de longe, é uma burguesa realizada, do lar, mãe de três filhos, coproprietária de uma garagem para dois carros, plenamente ocupada, mas em todo e qualquer momento de júbilo extremo ela acaba, quase literalmente, dançando como se a sua vida dependesse disso; eu já a vi, para meu horror, cair numa coreografia de sapateado bem decente (como uma espécie de Ned Wayburn de um número de Pat e Marion Rooney) com a minha sobrinha de cinco dias de idade no colo. Meu falecido irmão mais novo Walt, que morreu num acidente pós-guerra no Japão (e sobre quem eu planejo dizer o mínimo possível nesta série de sessões, se pretendo conseguir chegar ao fim delas), era dançarino, também, num sentido talvez menos espontâneo mas muito mais profissional que minha irmã Boo Boo. O gêmeo dele — nosso irmão Waker, nosso monge, nosso cartuxo na garagem —, quando menino, canonizou W. C. Fields num rito privado, e à imagem daquele homem inspirado e turbulento mas algo sagrado, costumava treinar malabares com caixas de charuto, entre muitas outras coisas, sem parar, até que ficou espetacularmente bom nisso. (Boatos da família dizem que de início ele ficou no claustro — ou seja, liberado dos seus deveres como sacerdote secular em Astoria — para poder se livrar da persistente tentação de administrar a hóstia sagrada aos lábios dos fiéis da sua paróquia dando dois ou três passos para trás e mandando o disco numa linda trajetória parabólica por sobre o seu ombro esquerdo.) No que se refere a mim — eu preferia deixar o Seymour por último —, posso imaginar que a essa altura eu já nem precise dizer que danço um pouquinho também. A pedidos, claro. Fora isso, devo mencionar que muitas vezes sinto que estou sendo protegido, ainda que algo erraticamente, pelo bisavô Zozo; sinto que ele misteriosamente garante que eu não tropece nas minhas invisíveis calças largas de palhaço quando passeio pelo bosque ou entro em sala de aula, e que talvez também se certifique de que o meu nariz de massinha vez por outra aponte para o leste quando sento diante da máquina de escrever.

Nem, por fim, nosso Seymour viveu ou morreu um milímetro mais afastado desse "histórico" do que o resto de nós. Já mencionei que apesar de acreditar que os poemas dele não tenham como ser mais pessoais, ou revelar esse fato de maneira mais completa, ele atravessa cada um deles, mesmo quando a Musa do Puro Júbilo está sentada nas suas costas, sem dar uma única vez com a língua autobiográfica nos dentes. O que, sugiro eu, ainda que possa não ser do gosto de todos, é um número eruditíssimo de vaudeville — um primeiro ato tradicional, um homem equilibrando palavras, emoções e uma corneta dourada presa entre os dentes, em vez da bengala de sempre, com mesa cromada e taça de champanhe cheia d'água. Mas eu tenho algo bem mais explícito e sedutor que isso para te contar. Estava esperando por este momento: em Brisbane, em 1922, quando eu e o Seymour tínhamos três e cinco anos de idade, Les e Bessie dividiram o palco por algumas semanas com Joe Jackson — o formidável Joe Jackson da bicicleta cênica niquelada que brilhava como algo melhor que platina até quando vista das cadeiras mais distantes do teatro. Uns bons anos mais tarde, não muito depois do começo da Segunda Guerra Mundial, quando eu e o Seymour tínhamos acabado de nos mudar para um pequeno apartamento próprio em Nova York, nosso pai — Les, como será doravante chamado — apareceu sem avisar numa noite, voltando de um jogo de pinocle para casa. Ele muito nitidamente tinha passado a noite toda com cartas muito ruins nas mãos. Entrou, seja como for, rigidamente predisposto a não tirar o sobretudo. Sentou. Fez cara feia para a decoração. Virou a minha mão para procurar manchas de tabaco nos dedos, então perguntou ao Seymour quantos cigarros ele fumava por dia. Pensou ter achado uma mosca no seu coquetel. Por fim, quando a conversa — na minha opinião, pelo menos — estava indo aceleradamente ladeira abaixo, ele levantou abruptamente e foi olhar uma fotografia dele e da Bessie que nós tínhamos recentemente prendido com tachinhas na parede. Ficou um minuto inteiro, ou mais, fazendo uma carranca diante dela, então se virou, com uma rispidez que ninguém da família teria achado incomum, e perguntou ao Seymour se ele lembrava da ocasião em que Joe Jackson lhe dera, a ele, Seymour, uma carona na barra do guidão da bicicleta dele, pelo palco inteiro, de um lado para outro. O Seymour, sentado numa velha poltrona de veludo cotelê do outro lado da sala, cigarro aceso, usando uma camisa azul, calças cinza, mocassins com os contrafortes pisados, um corte de lâmina de barbear do lado do rosto que eu enxergava, replicou com seriedade e rapidez, e daquele jeito especial como ele sempre respondia às perguntas de Les — como se fossem as perguntas, acima de todas as outras, que ele preferia receber nesta vida. Disse que não sabia ao certo se um dia chegou a descer da linda bicicleta de Joe Jackson. E descontado o seu imenso valor sentimental para o meu pai, pessoalmente, essa resposta, de inúmeras maneiras, era a verdade, apenas a verdade, e nada mais que a verdade.

Entre o último parágrafo e este, pouco mais de dois meses e meio se passaram. Transcorreram. Um pequeno boletim que eu divulgo com uma cara um pouquinho fechada, já que quando leio estas palavras elas me parecem exatamente algo que prenuncia a notificação de que eu sempre uso uma cadeira para trabalhar, bebo mais de trinta xícaras de café preto durante as Horas de Redação e construo toda a minha mobília nas horas vagas; em resumo, elas têm aquele tom de um homem de letras que não reluta em discutir com o soldadinho entrevistador do Caderno Dominical de Livros seus hábitos de trabalho, seus hobbies, e suas fraquezas humanas mais publicáveis. Eu realmente não estou buscando algo assim tão *intime* neste momento. (Estou de olho bem aberto para me vigiar, a bem da verdade. Me parece que esta composição nunca correu mais riscos do que neste exato momento de assumir precisamente a informalidade da roupa de baixo.) Anunciei uma relevante lacuna temporal entre parágrafos para informar ao leitor que acabo de sair de nove semanas de cama, com hepatite aguda. (Você entende o que eu quis dizer com aquilo da roupa de baixo. Este meu último comentário público calha de ser uma fala tirada, quase *intacta*, de um espetáculo burlesco dos irmãos Minsky. Branco: "Eu fiquei nove semanas de cama com hepatite aguda". Augusto: "És patife agudo? E aguenta nove semanas de cama!". Se essa é a saúde plena que me foi prometida, melhor ir logo dando um jeito de voltar para o Vale dos Enfermos.) Quando agora eu confesso, como certamente hei de confessar, que estou de pé já faz quase uma semana, com bochechas novamente rubicundas, será que o leitor, eu fico aqui pensando, vai ler errado essa minha confidência — especialmente, acho eu, de duas maneiras? Uma, será que vai pensar tratar-se de uma leve reprimenda dirigida a ele por ter deixado de entupir de camélias o meu quarto de convalescente? (Todo mundo vai ficar aliviado de saber, acho fácil supor, que o meu humor está se esvaindo a cada segundo.) Outra, será que ele, o leitor, vai preferir pensar, com base neste Prontuário Médico, que a minha felicidade pessoal — tão cuidadosamente delineada já na abertura desta composição — talvez não fosse nem felicidade, mas hepaticidade? Essa segunda alternativa me traz preocupações de extrema gravidade. É certo que eu estava realmente feliz por estar trabalhando nesta Introdução. Ao meu modo acamado, estive miraculosamente feliz durante toda a hepatite que tive (e só a aliteração já devia acabar comigo). E estou em êxtase de felicidade neste momento, fico feliz de dizer. O que não significa negar (e cheguei agora, receio, ao verdadeiro motivo que me levou a construir esta vitrine para o coitado do meu fígado) — o que não significa negar, repito, que minha moléstia me deixou com uma única e terrível deficiência. Eu odeio recuos dramáticos de margem, do fundo do meu coração, mas acho que para isso preciso de um novo parágrafo.

Na primeira noite, agorinha, semana passada, em que senti a força e o vigor necessários para voltar ao trabalho nesta Introdução, eu descobri que tinha perdido não o ímpeto, mas os meios que me permitiam continuar a escrever sobre o Seymour. *Ele tinha crescido demais enquanto eu estive afastado.* Mal dava para acreditar. Do manejável gigante que era antes de eu ficar doente, tinha dado um estirão, em nove breves semanas, para se tornar o ser humano mais familiar da minha vida, a única pessoa que foi sempre grande demais, demais, para caber no papel comum de máquina de escrever — qualquer folha de papel de máquina de escrever que eu tenha comigo, pelo menos. Para dizer com todas as letras, eu entrei em pânico, e fiquei em pânico por cinco noites seguidas depois disso. Acho, no entanto, que não devo pintar esse quadro com tintas mais negras que o necessário. Porque acabou existindo um lado maravilhosamente bom. Permita-me contar, sem pausas, o que foi que eu fiz hoje à noite que me leva a sentir que amanhã à noite vou estar de volta ao trabalho, maior e mais arrogante e mais repreensível, quem sabe, do que nunca. Cerca de duas horas atrás, eu simplesmente li uma antiga carta pessoal — mais precisamente um memorando bem longo — que foi deixada sobre o prato do meu café da manhã numa manhã de 1940. Sob meia toranja, para sermos precisos. Em mais um ou dois minutinhos, pretendo ter o indizível ("prazer" não é a palavra que eu quero) — o indizível Reticências de reproduzir aqui o longo memorando palavra por palavra. (Ah, feliz hepatite que tive! Nunca vi doença — ou mágoa, ou desastre, a bem da verdade — que não se desdobrasse, no fim, como uma flor ou um belo memorando. A gente só precisa ficar olhando. O Seymour disse uma vez, no ar, quando estava com onze anos de idade, que a coisa que ele mais adorava na Bíblia era a palavra VIGIA!) Antes de chegar ao prato principal, no entanto, cabe a mim, da cabeça aos pés, tratar de certas questões marginais. Essa oportunidade pode nunca mais voltar.

Parece um lapso grave, mas não acho que eu tenha dito que se tratava de um hábito, de uma compulsão, sempre que conveniente, e muitas vezes quando inconveniente, testar meus contos novos com o Seymour. Ou seja, ler os contos em voz alta para ele. O que eu fazia *molto agitato*, com um Período de Repouso para todos sendo nitidamente indicado no final. Isso equivale a dizer que o Seymour sempre se abstinha de fazer qualquer comentário quando a minha voz se interrompia. Em vez disso, ele normalmente ficava cinco ou dez minutos olhando para o teto — invariavelmente deitava esticado no chão para essas Leituras —, então levantava, batia delicadamente um pé que tivesse adormecido (às vezes) e saía do cômodo. Mais tarde — normalmente em algumas horas mas numa ou noutra ocasião dias depois — ele rabiscava umas anotações numa folha de papel ou num papelão de camisa e deixava ou na minha cama ou no meu lugar à mesa de jantar ou (muito raramente) me enviava pelo correio. Eis algumas das suas breves análises. (É um aquecimento, honestamente. Não vejo por que negar, embora provavelmente devesse.)

Horroroso, mas correto. Uma honesta cabeça de Medusa.

Quem me dera saber. A mulher está boa, mas o pintor parece assombrado pelo teu amigo que pintou o retrato de Anna Kariênina na Itália. O que como assombração é bacana, das melhores, mas você tem os teus próprios pintores irascíveis.

Acho que precisa refazer, Buddy. O Médico está muito bom, mas acho que você passa a gostar dele tarde demais. Na primeira metade inteira ele fica ao deus-dará, esperando que você goste dele, e ele é o teu protagonista. Você vê o belo diálogo dele com a enfermeira como uma conversão. Devia ter sido uma história religiosa, mas é puritana. Eu sinto a tua censura em cada Maldito que ele pronuncia. Acho esquisito. Não deixa de ser uma forma baixa de oração quando ele ou Les ou qualquer outra pessoa fica dizendo Maldito pra tudo? Eu não consigo acreditar que Deus reconheça algum tipo de blasfêmia. É uma palavrinha pedante que os padres inventaram.

Sinto muito por essa. Eu não estava ouvindo direito. Sinto muito mesmo. A primeira frase me desanimou completamente. "Henshaw acordou naquele dia com uma dor de cabeça terrível." Eu ponho tanta fé que você vai eliminar todos os fraudulentos Henshaws da ficção. Simplesmente não existem Henshaws. Você lê pra mim de novo?

Por favor faça as pazes com o teu senso de humor. Ele não vai desaparecer, Buddy. Você se livrar dele só porque decidiu seria tão ruim e tão artificial quanto se livrar dos adjetivos e dos advérbios porque o prof. B. quer. O que é que ele entende disso? O que é que você sabe, de verdade, sobre o teu próprio senso de humor?

Estou aqui rasgando bilhetes que escrevo pra você. Eu fico começando a dizer umas coisas como "Esse conto tem uma construção maravilhosa", e "A mulher da caçamba do caminhão é muito engraçada", e "A conversa entre os dois policiais é genial". Então eu estou me contendo. Não sei por quê. Eu comecei a ficar um pouco nervoso logo que você começou a ler. Parecia o começo de alguma coisa que o teu arqui-inimigo Bob B. chama de um conto bom de doer. Você não acha que ele diria que este foi um passo na direção certa? Isso não te incomoda? Nem o que é engraçado na parte da mulher da caçamba parece alguma coisa que *você* ache engraçada. Pra mim soa muito mais como alguma coisa que você acha que é universalmente considerada muito engraçada. Eu fico me sentindo empulhado. Isso te deixa enfurecido? Você pode dizer que o nosso parentesco atrapalha a minha visão crítica. Isso já me incomoda bastante. Mas eu também sou apenas um leitor. Você é um escritor ou é apenas um escritor de contos bons de doer. Porque me incomoda ver um conto bom de doer saindo da tua mão. Eu quero o teu *butim*.

Não consigo tirar esse último da cabeça. Não sei o que dizer dele. Eu sei o perigo que deve ter sido entrar no sentimentalismo. Você se virou direitinho. Talvez bem demais. Fico pensando se não preferia ter visto você escorregar um pouco. Posso escrever um continho pra *você*? Havia um grande crítico de música, reconhecida autoridade em Wolfgang Amadeus Mozart. A filhinha dele era aluna da escolinha P.S.9, onde fazia parte do coral, e esse grande melômano ficou muito irritado quando um dia ela chegou em casa com outra criança para estudar um pot-pourri de canções de Irving Berlin e Harold Arlen e Jerome Kern e outros desse tipo. Por que as crianças não podiam cantar pequenos Lieder bem simples de Schubert em vez daquela "porcaria"? Então ele foi até o diretor da escola e fez uma cena imensa. O diretor ficou muito impressionado com os argumentos de pessoa tão distinta e concordou em dar umas palmadas na Professora de Apreciação Musical, uma senhora de bastante idade. O grande melômano saiu do gabinete muito satisfeito. Voltando para casa, repassou os brilhantes argumentos que havia empregado no gabinete do diretor e seu júbilo foi crescendo mais e mais. Seu peito inflou. Seu passo acelerou. Ele se pôs a assoviar uma musiquinha. A musiquinha: "K-K-K-Katy".

O Memorando, agora. Conforme apresentado, com orgulho e resignação. Orgulho porque — bom, isso eu vou deixar de lado. Resignação porque alguns dos meus camaradas de corpo docente podem estar ouvindo — todos eles veteranos gozadores interdepartamentais — e eu suspeito que este anexo em particular cedo ou tarde há de ser intitulado "Receita de Dezenove Anos Atrás para Escritores e Irmãos e Convalescentes Hepáticos Que Perderam o Rumo e Não Conseguem Seguir em Frente". (Enfim. Mais gozador é quem me diz. Além de tudo, sinto que minhas barbas estão satisfatoriamente de molho para essa ocasião.)

Acho, primeiro, que esse foi o comentário crítico mais alentado que eu recebi do Seymour a respeito de qualquer Obra Literária minha — e, a bem da verdade, provavelmente a mais alentada comunicação não oral que recebi dele enquanto esteve vivo. (Nós muito raramente trocávamos cartas, nem mesmo durante a guerra.) Estava escrito a lápis, em várias folhas de um bloco de notas que nossa mãe tinha confiscado do Bismarck Hotel, em Chicago, alguns anos antes. Ele estava reagindo ao que seguramente era o *bloc* mais ambicioso que eu já tinha produzido até aquele momento. O ano era 1940, e nós dois ainda morávamos no apartamento de considerável densidade populacional dos nossos pais na parte leste das ruas 70. Eu tinha vinte e um anos e o desprendimento que, devo dizer, somente um escritor jovem, inédito e de tez em tons de verde pode ter. O Seymour, por sua vez, tinha vinte e três e acabava de iniciar seu quinto ano como professor de literatura numa universidade de Nova York. Sem mais delongas, portanto, na sua íntegra. (Posso prever alguns constrangimentos para o leitor de bom gosto, mas o Pior, acho eu, terá passado depois da saudação. Imagino que se a saudação não deixa a *mim* particularmente constrangido, não há por que pensar que vá deixar constrangido qualquer outro ser vivo.)

CARO E VELHO TYGRE ADORMECIDO:

Fico pensando se há muitos leitores que um dia viraram as páginas de um manuscrito enquanto o autor roncava no mesmo cômodo. Esse eu quis ver por conta própria. A tua voz foi quase demais dessa vez. Acho que a tua prosa está se tornando o máximo do teatro que teus personagens podem suportar. Tem tanta coisa que eu quero te dizer, e não tenho por onde começar.

Hoje à tarde escrevi o que achei que era uma carta inteira para o chefe do Departamento de Letras, veja só, que soava bastante como você. Isso me deu tanto prazer que eu achei que tinha que te contar. Era uma carta linda. Parecia aquela tarde de sábado na primavera do ano passado quando eu fui ver *Die Zauberflöte* com o Carl e a Amy e aquela moça esquisitíssima que eles levaram para mim e eu fui com a tua intoxicadora verde. Eu não te contei que tinha usado. [*Ele estava se referindo a uma das quatro gravatas caras que eu tinha comprado na estação anterior. Eu tinha proibido todos os meus irmãos — mas especialmente o Seymour, que tinha acesso mais fácil a elas — de chegar perto da gaveta onde elas ficavam guardadas. Eu deixava as gravatas, só parcialmente por piada, embrulhadas em celofane.*] Não senti culpa nenhuma quando usei, só um medo mortal de que você subitamente entrasse em cena e me visse ali sentado no escuro usando a tua gravata. A carta era um pouquinho diferente. E me ocorreu que se as coisas fossem ao contrário e você estivesse escrevendo uma carta que soasse como eu, você ia ficar incomodado. De modo geral eu consegui tirar isso da cabeça. Uma das poucas coisas no mundo, fora o próprio mundo, que ainda me entristecem todo santo dia é a consciência de que você fica transtornado se a Boo Boo ou o Walt te dizem que você está dizendo alguma coisa que soa como eu. Você meio que encara como uma acusação de pirataria, um pequeno golpe contra a tua individualidade. Será tão ruim o fato de que às vezes um de nós soa como o outro? A membrana é tão fina entre nós dois. Será que é tão importante a gente ter sempre em mente o que é de quem? Naquela vez, dois anos atrás, quando eu fiquei fora um tempão, consegui verificar que eu, você e o Z. somos irmãos há pelo menos quatro encarnações, quem sabe até mais. Será que não há uma beleza nisso? Para nós, será que a nossa individualidade não começa exatamente no ponto em que a gente confessa as nossas conexões estreitíssimas e aceita a inevitabilidade de usar as piadas, os talentos e as imbecilidades dos outros? Perceba que eu não estou incluindo gravatas. Acho que as gravatas do Buddy são as gravatas do Buddy, mas *é* um prazer pegar as gravatas sem pedir.

Deve ser terrível para você achar que eu fico pensando em gravatas e coisa e tal além do teu conto. Não é verdade. Eu só estou procurando as minhas ideias em tudo quanto é canto. Está claro lá fora, e eu estou sentado aqui desde que você foi dormir. Que felicidade imensa ser o teu primeiro leitor. Seria uma felicidade pura se eu não achasse que você dá mais valor à minha opinião que à tua. Não me parece certo, mesmo, que você dê tanto peso à minha opinião a respeito dos teus contos. Ou seja, a respeito de *você*. Você pode contra-argumentar qualquer hora dessas, mas eu estou convicto de ter feito alguma coisa muito errada para as coisas estarem assim. Não estou exatamente chafurdando em arrependimento neste momento, mas culpa é culpa. Não desaparece desse jeito. Não dá pra anular. Não dá nem pra compreender direito, disso eu tenho certeza — as raízes vão fundo demais num carma particular e duradouro. Praticamente a única coisa que me salva o pescoço quando eu fico me sentindo desse jeito é o fato de que a culpa é uma forma imperfeita de conhecimento. Só por não ser perfeita, não quer dizer que não possa ser empregada. O difícil é dar um emprego prático a ela antes dela conseguir te paralisar. Então eu vou escrever o que acho desse conto o mais rápido que puder. Se eu me apressar, tenho uma vigorosa sensação de que a minha culpa vai cumprir seus melhores e mais verdadeiros objetivos aqui. Acho mesmo. Acho que se eu correr com isso, posso conseguir te dizer o que provavelmente quero te dizer há anos.

Você deve saber por si próprio que este conto está cheio de grandes pulos. Saltos. Quando você foi deitar, eu fiquei um tempo pensando que devia acordar a casa toda e dar uma festa para o nosso maravilhoso irmão saltitante. O que é que eu *sou*, que não acordei a casa toda? Quem me dera saber. Um sujeito que se preocupa demais, na melhor das hipóteses. Eu me preocupo com grandes saltos que posso medir assim de olho. Acho que eu sonho com o momento em que você vai ousar um salto que me faça te perder de vista. Desculpa por essa. Estou escrevendo bem rápido agora. Acho que esse último conto é o que você estava esperando. E eu também, de certa forma. Você sabe que é basicamente *orgulho* o que está me detendo. Acho que é a minha maior preocupação. Pro teu próprio bem, não me deixe orgulhoso de você. Acho que é exatamente o que eu estou tentando dizer. Se pelo menos você nunca mais me deixasse sem dormir de tanto orgulho. Eu quero um conto que me deixe só razoavelmente acordado. *Me deixe acordado até as cinco, só porque as tuas estrelas estão todas no céu, e por nenhum outro motivo.* Desculpa sublinhar, mas essa é a primeira coisa que eu disse sobre um dos teus contos que faz minha cabeça ficar subindo e descendo. Por favor não me deixe dizer mais nada. Acho nesta noite que tudo que você possa dizer a um escritor depois de implorar que ele deixe as suas estrelas saírem é mero conselho literário. Tenho certeza nesta noite que todos os "bons" conselhos literários são apenas Louis Bouilhet e Max Du Camp desejando *Madame Bovary* para Flaubert. Tudo bem, então os dois juntos, com o seu gosto refinadíssimo, conseguiram fazer com que ele escrevesse uma obra-prima. Eles acabaram com as chances dele de um dia escrever tudo que podia. Ele morreu como uma celebridade, que era precisamente o que ele não era. As cartas dele são uma leitura insuportável. São tão melhores do que deviam ser. Elas dizem desperdício, desperdício, desperdício. Elas me partem o coração. Tenho medo de te dizer qualquer coisa nesta noite, meu bom e velho Buddy, a não ser o que seja batido. Por favor siga o teu coração, para bem e para mal. Você ficou tão enfurecido comigo quando a gente foi se registrar. [*Na semana anterior, eu e ele, e muitos outros milhões de rapazes americanos, fomos até a escola pública mais próxima e nos registramos para a convocação. Eu o peguei sorrindo ao ver alguma coisa que eu tinha escrito numa lacuna da minha ficha. Ele se recusou, em todo o caminho da volta, a me dizer o que tinha achado tão divertido. Como qualquer membro da minha família poderia confirmar, ele podia ser inflexível nas suas recusas quando a ocasião lhe parecia auspiciosa.*] Você sabe do que eu estava rindo? Você escreveu que era escritor por *profissão*. Aquilo me pareceu o eufemismo mais lindo que eu já li. Quando é que escrever foi a tua profissão? Nunca foi menos que a tua religião. Nunca. Agora eu estou um pouco mais empolgado do que devia. Já que isso *é* a tua religião, você sabe o que vão te perguntar quando você morrer? Mas primeiro me deixa te dizer o que não vão te perguntar. Não vão te perguntar se você estava trabalhando numa maravilhosa e emocionante obra literária quando morreu. Não vão te perguntar se ela era longa ou breve, triste ou engraçada, publicada ou inédita. Não vão te perguntar se você estava em boa forma ou não quando trabalhou naquilo. Não vão nem te perguntar se era a obra literária em que você queria estar trabalhando se soubesse que a tua hora ia chegar quando você terminasse — acho que só vão perguntar isso ao coitado do Sören K. Eu tenho toda a certeza de que só vão te fazer duas perguntas. *As tuas estrelas estavam quase todas no céu? Você estava tratando de escrever tudo que podia?* Ah, se você soubesse como seria fácil para você responder sim para as duas perguntas. Ah, se você lembrasse ainda antes de sentar para escrever que você era *leitor* já bem antes de ser escritor. Você simplesmente fixa esse fato na cabeça, então fica sentado bem quietinho e se pergunta, como leitor, que obra literária, no mundo todo, Buddy Glass ia mais querer ler se pudesse escolher a contento. O próximo passo é terrível, mas tão simples que eu mal posso acreditar nele enquanto escrevo. Você simplesmente senta e desavergonhadamente escreve você mesmo a tal coisa. Não vou nem sublinhar isso. É importante demais para ser sublinhado. Ah, tenha essa coragem, Buddy! Confie no teu coração. Você é um artesão competente. Ele nunca ia trair você. Boa noite, eu estou me sentindo bem mais empolgado do que devia agora, e um pouquinho dramático, mas acho que daria quase tudo nesta terra para te ver escrevendo algum algo, algum algo qualquer, um conto, um poema, uma árvore, que viesse de verdade verdadeira do fundo do teu coração. Está passando *O guarda* no Thalia. Vamos levar todo mundo amanhã. Beijo, S.

Agora é Buddy Glass de novo escrevendo. (Buddy Glass, claro, é só o meu nome artístico. O meu nome *de verdade* é major George Fielding Anticlímax.) Eu estou mais empolgado do que devia e um pouquinho dramático também, e o meu impulso bem violento neste exato momento é o de literalmente prometer os astros ao leitor no nosso encontro de amanhã. Mas se for esperto, acho, eu vou simplesmente escovar os dentes e correr para a cama. Se o longo memorando do meu irmão já foi uma leitura um tanto pesada, foi absolutamente exaustivo, não posso deixar de acrescentar, datilografar aquilo tudo para os meus amigos. Agora estou usando em volta dos joelhos aquele elegante firmamento que ele me ofereceu como presente de anda-de-uma-vez-e-melhora-da-hepatite-e-da-indecisão.

Mas será que vai ser um ato muito rude, da minha parte, dizer ao leitor o que eu pretendo fazer, a partir de amanhã à noite? Há dez anos ou mais eu venho sonhando com o dia em que a pergunta "Você pode descrever seu irmão?" me fosse feita por alguém sem preferências especiais por respostas breves e *secas* para questões bem diretas. Em resumo, a obra literária que estou escrevendo neste mundo, "o algum algo, o algum algo qualquer", que o meu órgão de autoridade recomendado me diz que eu mais adoraria levar para um sofá confortável é uma completa descrição física do Seymour escrita por alguém que não está morrendo de pressa de desentalar de vez esse tema da garganta — num mundo devidamente desavergonhado, eu mesmo.

O cabelo dele saltando na barbearia. Já é Amanhã à Noite, e estou sentado aqui, vai sem dizer, usando meu smoking. *O cabelo dele saltando na barbearia.* Jesus amado, a minha abertura vai ser isso? Será que esta sala aqui vai se encher, bem devagar, de muffins de milho e torta de maçã? Bem pode. Não quero crer, mas pode. Se eu quiser forçar a Seletividade na descrição, vou esfriar de novo antes de começar. Eu não posso pôr em ordem, não posso secretariar esse sujeito. Eu posso torcer para que *algumas* coisas sejam feitas aqui com um mínimo de bom senso, mas tomara que eu não fique triando cada maldita frase, só para variar, ou isso tudo vai dar em nada outra vez. O cabelo saltitante dele na barbearia é absolutamente a primeira coisa importante que me ocorre. A gente ia cortar o cabelo normalmente uma vez a cada duas transmissões, ou semana sim, semana não, assim que as aulas acabavam. A barbearia ficava na 108, esquina com a Broadway, verdejantemente aninhada (pare com isso, já) entre um restaurante chinês e uma delicatéssen kosher. Se a gente tivesse esquecido de almoçar, ou, o que era mais provável, tivesse *perdido* nosso almoço em algum lugar, a gente às vezes comprava uns quinze *cents* de salame fatiado e uns picles frescos com endro, e comia na cadeira, pelo menos até o cabelo começar a cair. Mario e Victor eram os barbeiros. Provavelmente falecidos, depois de tantos anos, de uma overdose de alho, como costuma ser o destino de todos os barbeiros de Nova York. (Tudo bem, *tira essa parte*. Vê se corta isso pela raiz de uma vez, faz favor.) Nossas cadeiras ficavam lado a lado, e quando o Mario tinha acabado o meu corte e estava prestes a tirar e sacudir aquela toalha que me cobria, eu nunca, nunca deixava de ter mais cabelo do Seymour do que meu em cima de mim. Poucas coisas na minha vida, antes ou depois disso, me irritaram mais. Só uma vez eu expressei uma reclamação, e foi um erro de proporções colossais. Eu disse alguma coisa, num tom de voz nitidamente rabugento, sobre o "maldito cabelo" dele que sempre pulava em cima de mim. No instante em que disse isso eu me arrependi, mas já tinha saído. Ele não abriu a boca, mas imediatamente começou a se *preocupar* com aquilo. Foi piorando enquanto a gente voltava para casa, atravessando as ruas em silêncio; ele estava obviamente tentando adivinhar alguma maneira de proibir seu cabelo de saltar sobre o irmão na barbearia. O trecho final da rua 110, a longa quadra que seguia da Broadway até o nosso prédio, na esquina da Riverside, foi o pior. Ninguém na nossa família conseguia descer aquele caminho tão preocupada ou tão preocupado quanto o Seymour, se ele tivesse um Tema Decente.

O que já basta para uma noite. Estou exausto.

Só mais uma coisa. O que é que eu *quero* (os itálicos são todos meus) de uma descrição física dele? E mais, o que é que eu quero que ela *faça*? Quero que ela chegue à revista, sim; quero publicar. Mas não é isso — eu *sempre* quero publicar. Tem mais a ver com a *forma* dessa pretensa oferta que eu vou fazer à revista. A bem da verdade, tem tudo a ver com isso. Acho que eu sei. Eu sei muito bem que sei. Quero que ela chegue lá sem eu usar nem selos nem um envelope de papel pardo. Se é uma descrição fiel, eu devia poder simplesmente pagar o bilhete de trem para ela, e quem sabe mandar junto um sanduíche e alguma coisinha quente numa garrafa térmica, e pronto. Os outros passageiros do vagão têm que se desviar um pouquinho dela, como se ela estivesse algo exaltada. Ah, que ideia maravilhosa! *Que ele saia disso tudo um tanto exaltado.* Mas que tipo de exaltação? Exaltado, acho eu, como alguém que você ama e que aparece na varanda, sorriso largo, depois de três sets difíceis de uma partida de tênis, de uma partida *vitoriosa*, para perguntar se você viu aquela última jogada que ele fez. Sim. *Oui.*

*

Outra noite. Isso aqui é para ser lido, não esqueça. Diga ao leitor onde você está. Seja simpático —*nunca se sabe*. Mas é claro. Estou na estufa, acabo de tocar a sineta para pedir meu porto, que será trazido a qualquer momento pelo velho criado da família, um camundongo excepcionalmente inteligente, gordo e lustroso, que come de tudo na casa a não ser as provas dos alunos.

Vou voltar ao cabelo do S., afinal ele já está na página. Até ele começar a cair, perto dos seus dezenove anos de idade, aos punhados, o Seymour tinha um cabelo preto muito duro. A palavra certa quase seria "ruim", mas não exatamente; acho que eu me sentiria determinado a usá-la se fosse o caso. Era um cabelo com a maior das aparências puxáveis deste mundo, e pode apostar que foi puxado; os bebês da família quase automaticamente estendiam a mão para aquele cabelo, antes até do nariz, que, Deus o diga, também era notável. Mas uma coisa de cada vez. Um homem, um rapaz, um adolescente muito hirsuto. Os outros rebentos da família, não exclusiva mas especialmente os meninos, os muitos meninos pré-púberes que aparentemente nós sempre tínhamos por ali, viviam fascinados pelos pulsos e pelas mãos dele. O meu irmão Walt, lá com os seus onze aninhos, tinha o hábito de olhar para os pulsos do Seymour e pedir que ele tirasse o suéter. "Tira o suéter, hein, Seymour. Anda, hein. Está *quente* aqui." S. olhava para ele com um sorriso imenso, reluzente. Ele adorava esse tipo de bobagem, de qualquer das crianças. Eu também, mas só de vez em quando. Com ele era invariável. E aquilo ainda lhe fazia bem, ele ficava mais forte com todo e qualquer comentário impensado ou grosseiro que lhe fosse dirigido pelos membros mais jovens da família. Em 1959, na verdade, quando por vezes fico sabendo de coisas bem exasperantes a respeito dos meus irmão e irmã mais novos, eu penso na quantidade de alegria que eles trouxeram ao S. Lembro da Franny, com seus quatro aninhos, sentada no colo dele, virada para ele e dizendo, com imensa admiração, "Seymour, os teus dentes são tão bonitos e *amarelinhos!*". Ele veio literalmente cambaleando me perguntar se eu tinha ouvido o que ela disse.

Um comentário desse último parágrafo me puxou o tapete. Por que é que eu só gostava dessas bobagens das crianças de vez em quando? Indubitavelmente porque às vezes os comentários eram bem maldosos quando dirigidos a mim. Não que eu com toda a probabilidade não merecesse. O que, eu me pergunto, o leitor entende de famílias grandes? Mais importante, quanto ele atura ouvir sobre esse tema, e ouvir de mim? Mas eu tenho que dizer pelo menos o seguinte: Se você é o irmão mais velho numa família grande (especialmente se, como no caso do Seymour e da Franny, existe uma diferença de idade de quase dezoito anos), e você ou se coloca no papel ou se distrai um pouco e permite que te coloquem no papel de tutor ou mentor local, é quase impossível não virar monitor também. Mas até os monitores têm lá suas formas, tamanhos e cores individuais. Por exemplo, quando o Seymour mandava um dos gêmeos, ou o Zooey, ou a Franny, ou até Mme. Boo Boo (que era só dois anos mais nova que eu e vivia botando panca de grande Dama) tirar as galochas quando entrava no apartamento, todo mundo sabia que ele estava principalmente querendo dizer que o chão ia ficar cheio de marcas se eles não tirassem e que a Bessie ia ter que pegar o esfregão. Quando *eu* mandava eles tirarem as galochas, eles sabiam que eu estava principalmente querendo dizer que quem não tirava era gente relaxada. Isso não tinha como não fazer uma diferença considerável em como eles brincavam com cada um de nós, ou pegavam no nosso pé. Uma confissão, gemo ao entreouvir o que foi dito, que não pode deixar de soar suspeitosamente Honesta e Humilde. O que é que eu posso fazer? É pra eu suspender a coisa toda cada vez que um tom de Zé-Sincero aparecer na minha voz? Será que não posso contar que o leitor saiba que eu nunca iria me diminuir dessa maneira — nesse caso, frisar a minha ausência de liderança — se não tivesse certeza de que era muito mais do que moderadamente tolerado naquela casa? Ajuda se eu te disser minha idade de novo? Eu sou um quarentão grisalho e de bunda caída enquanto escrevo estas mal traçadas, com uma pança considerável e comensuráveis probabilidades de não chorar no meu bercinho de ouro só porque não vou entrar no time de basquete este ano ou porque a minha continência não está à altura de um futuro aluno da Escola de Cadetes. Além disso, é provável que jamais tenha havido uma passagem confessional num texto que não fedesse um pouco ao orgulho do escritor por ter abandonado seu orgulho. O que se deve buscar, sempre, num sujeito que se confessa em público é o que ele *não* está confessando. Num certo período da vida (normalmente, lamento dizer, um período de *sucesso*), um sujeito pode subitamente sentir que Tem A Capacidade de confessar que colou nas provas finais da faculdade, pode até decidir revelar que entre os vinte e dois e vinte e quatro anos de idade foi sexualmente impotente, mas essas confissões corajosas por si sós não são garantia de que nós vamos ficar sabendo se um dia ele ficou irritado com seu hamster de estimação e pisou na cabeça do bichinho. Lamento continuar com isso, mas me parece que tenho legítimas razões para estar preocupado. Estou escrevendo sobre a única pessoa que já conheci que, nos meus próprios termos, eu considerava realmente grande, e a única pessoa de *quaisquer* dimensões respeitáveis que eu conheci e que nunca me deixou nem com a mais leve suspeita de que mantivesse, sub-repticiamente, um armário repleto de esqueletos perversos e vaidosos. Acho pavoroso — na verdade, sinistro — o mero fato de eu ter de pensar se posso ou não estar ocasionalmente ganhando dele em popularidade aqui nestas páginas. Você vai me perdoar, talvez, por dizer uma coisa dessas, mas nem todo leitor é um leitor competente. (Quando o Seymour estava com vinte e um anos e era quase professor catedrático de literatura, e já estava dando aulas fazia dois anos, eu lhe perguntei o que, se é que existia alguma coisa, o desanimava na experiência de dar aulas. Ele disse que não achava que alguma coisa ali o *desanimasse* exatamente, mas que havia uma coisa, ele achava, que o amedrontava: ler as anotações a lápis nas margens dos livros da biblioteca da universidade.) Eu vou acabar isto aqui. Nem todos os leitores, repito, são leitores competentes, e já me disseram — os críticos dizem *qualquer coisa*, e as piores primeiro — que eu tenho muitos encantos superficiais como escritor. Eu temo, do fundo do coração, que exista um tipo de leitor que pode achar algo atraente de minha parte o fato de eu ter chegado aos quarenta; i.e., de ao contrário de Certa Pessoa aqui nestas páginas eu não ter sido "egoísta" a ponto de cometer suicídio e deixar Toda A Minha Amada Família a ver navios. (Eu disse que ia acabar com isto, mas no fim das contas não vou conseguir. Não porque eu não seja exatamente um homem de ferro, mas porque para acabar com isto eu ia ter que tocar nos — meu Deus, *tocar nos* — detalhes do suicídio dele, e não espero estar pronto para isso, no ritmo atual, nos próximos muitos anos.)

Mas uma coisa eu vou te dizer, antes de ir deitar, que me parece de uma pertinência imensa. E ficaria grato se todo mundo fizesse força para não considerar isto aqui um P.S. categórico. Eu posso dar a vocês, é isso que eu quero dizer, um motivo perfeitamente utilizável que transforma numa monstruosa vantagem-desvantagem o fato de eu ter quarenta anos quando escrevo. Seymour morreu aos trinta e um. Fazê-lo chegar nem que seja a *essa* idade incrivelmente não senil vai me custar muitos, mas muitos meses, no passo em que eu vou, e provavelmente anos. Por enquanto, vocês vão vê-lo quase exclusivamente como criança e como rapaz (nunca, Deus me ajude, como *meninote*). Enquanto estiver envolvido com ele na situação que está na página, eu também serei criança e rapaz. Mas vou estar sempre ciente, assim como, espero, o leitor, ainda que com menos interesse próprio em jogo, de que um sujeito meio pançudo e quase de meia-idade está dando as cartas aqui. Na minha opinião, essa ideia não é mais melancólica do que a maioria dos fatos da vida e da morte, mas também não é menos. Por enquanto você só pode confiar na minha palavra, mas eu preciso te dizer que sei sem a menor sombra de dúvida que se nossas posições estivessem trocadas e o Seymour estivesse onde estou eu, ele ficaria tão tocado — tão abalado, na verdade — pela sua pura senioridade como narrador e dono oficial das cartas, que abandonaria o projeto. Não vou mais falar a respeito disso, claro, mas que bom que o assunto apareceu. É a verdade. Por favor não simplesmente veja essa verdade; sinta.

Acaba que eu não vou deitar. Ainda há uma mancha aqui, foi-se o sono. Parabéns.

Voz aguda, desagradável (não a de nenhum dos *meus* leitores): Você disse que ia falar pra gente da Aparência do teu irmão. A gente não quer essa porcaria de análise e essas coisas pegajosas.

Mas eu quero. Eu quero cada segundinho dessas coisas pegajosas. Um pouco menos de an*á*lise podia até me agradar, com certeza, mas das partes pegajosas eu quero cada migalha. Se eu tenho algum fiapo de esperança de me manter na linha aqui, são as partes pegajosas que vão me salvar.

Acho que posso descrever o rosto, a forma e o porte dele — tudinho — em quase qualquer momento da vida (fora os anos de além-mar) e gerar um retrato decente. Sem eufemismos, por favor. Uma imagem perfeita. (Quando e onde, se eu continuar com isto, vou ter que dizer ao leitor o tipo de memória, de capacidade mnemônica, que alguns da nossa família têm? O Seymour, o Zooey, eu mesmo. Não posso ficar adiando eternamente, mas como isso vai ficar feio impresso aqui?) Seria de uma ajuda imensa se alguma alma bondosa me enviasse um telegrama declarando precisamente qual Seymour ia preferir que eu descrevesse. Se me pedem que meramente descreva o *Seymour*, qualquer Seymour, eu vejo uma imagem bem nítida, vá lá, mas nessa imagem ele aparece diante de mim com todas as idades de, aproximadamente, oito, dezoito, e vinte e oito anos, com uma cabeleira cheia e ficando bem careca, usando o calçãozinho vermelho listrado da colônia de férias e usando uma regata toda vincada com as divisas de terceiro-sargento, sentado em padmasana e sentado na varanda da RKO da rua 86. Eu sinto a ameaça da possibilidade de apresentar apenas esse tipo de imagem, e não gosto dela. Para começo de conversa, acho que isso ia deixar o Seymour preocupado. É duro quando o Tema da pessoa é o seu próprio *cher maître*. Ele não ia ficar preocupado demais, acho eu, se depois de consultar devidamente meus instintos eu decidisse empregar algum tipo de cubismo literário para apresentar seu rosto. A bem da verdade, ele não ficaria nada preocupado se eu escrevesse o resto deste texto só em minúsculas — *se* meus instintos recomendassem. Algum tipo de cubismo *até* seria bem-vindo aqui, mas cada um dos meus instintos me diz para combater essa ideia como um bom representante da classe média baixa. Mesmo assim, prefiro deixar a decisão para amanhã. Boa noite. Boa noite, sra. Calabash. Boa noite, Descrição Desgraçada.

*

Como estou com certas dificuldades para falar por mim, decidi hoje cedo, na aula (enquanto encarava de maneira algo inconveniente, eu receio, os gambitos incrivelmente aconchegantes da srta. Valdemar), que o gesto realmente cortês aqui seria deixar um dos meus pais ter a primeira palavra, e que lugar melhor para começar do que a Mãe Primeva? Só que os riscos envolvidos nessa manobra são absurdos. Se o sentimentalismo não acaba transformando todo mundo em mentiroso, as abomináveis memórias naturais de cada um vão quase certamente dar conta da tarefa. Com a Bessie, por exemplo, uma das principais coisas no que se refere ao Seymour era o quanto ele era alto. Na cabeça dela, ele é visto como uma figura texana, incomumente esguia, eternamente abaixando a cabeça ao entrar num cômodo. O fato é que ele tinha um metro e setenta e nove — um homem alto dos mais baixos pelos padrões modernos e multivitamínicos. O que por ele estava muito bem. Ele não tinha o menor amor pela estatura. Fiquei um tempo pensando, quando os gêmeos passaram de um e oitenta, se ele ia lhes enviar cartões de pêsames. Acho que se estivesse vivo hoje ele seria todo sorrisos diante do fato de que Zooey, sendo ator, ficou pequeno. Ele, S., acreditava piamente que os atores de verdade deveriam ter centros de gravidade mais baixos.

Aquela parte do "todo sorrisos" foi um equívoco. Agora não consigo fazer ele parar de sorrir. Eu ficaria muito feliz se algum escritor sério ocupasse o meu lugar aqui. Um dos meus primeiros juramentos quando entrei nessa profissão foi o de dar uma abafada nos sorrisos e risadinhas dos meus personagens na fria letra impressa. Jacqueline sorriu amarelo. O grandalhão preguiçoso do Bruce Browning sorriu sarcástico. Um sorriso juvenil iluminou o rosto vincado do capitão Mittagessen. E no entanto a pressão aqui é enorme. Para eu me livrar de uma vez da pior parte: acho que ele tinha um sorriso muito, mas muito bom, para alguém cujos dentes estavam em algum ponto entre mais ou menos e ruins mesmo. O que parece bem mais oneroso descrever é a mecânica da coisa. O sorriso dele muitas vezes ia para trás ou para a frente quando todo o restante do tráfego facial do ambiente estava ou imóvel ou seguindo na direção oposta. Seu distribuidor não era normal, nem dentro da família. Ele podia ter uma aparência séria, para não dizer funérea, quando as velinhas do bolo de aniversário de uma criança pequena estavam sendo apagadas. Por outro lado, podia parecer totalmente encantado quando um dos irmãos menores lhe mostrava onde tinha ralado o ombro ao passar nadando por baixo de uma boia. Tecnicamente, acho eu, ele não tinha nada que se pudesse chamar de um sorriso social, e contudo parece verdade (quiçá um tan*ti*nho extravagante) dizer que nada de essencialmente correto jamais tenha faltado no seu rosto. Aquele sorriso de ombro-ralado, por exemplo, era muitas vezes de enlouquecer, se fosse o *teu* ombro que se esfolou, mas também gerava uma distração em situações em que a distração era uma vantagem. A seriedade dele em festas de aniversário, festas-surpresa, não acabava com a alegria de ninguém — ou quase nunca, não mais que, digamos, o seu sorriso-amarelismo quando convidado para Primeiras Comunhões ou Bar Mitzvahs. E não acho que isso seja só a opinião do irmão que tem lá suas parcialidades. Gente que nem o conhecia, ou que só o conheceu superficialmente, ou só como celebridade infantil do rádio, na ativa ou aposentada, por vezes ficava *desconcertada* por uma expressão particular — ou pela falta dela — naquele rosto, mas por apenas um segundo, acho eu. E muitas vezes nesses casos as vítimas sentiam algo agradavelmente assemelhado à curiosidade — nunca, que eu possa lembrar, nenhum ressentimento pessoal nem irritação alguma. Primeiro — o motivo menos complexo, seguramente — porque cada expressão daquele rosto era inocente. Quando se tornou varão (e aqui quem fala *é*, imagino eu, o irmão com suas parcialidades), acho que ele tinha um dos rostos adultos menos ressabiados da Grande Região Metropolitana de Nova York. Só consigo lembrar de algo dissimulado, artificioso, no seu rosto quando ele estava intencionalmente sendo engraçado com algum parente no nosso apartamento. Nem mesmo isso, no entanto, era uma ocorrência diária. No geral, eu diria, ele se servia do Humor com uma frugalidade negada a qualquer dos outros membros da nossa família. O que, muito enfaticamente, não equivale a dizer que o humor não era um dos pilares da sua dieta, também, mas sim que ele normalmente recebia, ou pegava para si próprio, cada pedacinho. A Piada Permanente na Família quase invariavelmente cabia a ele, se nosso pai não estivesse por ali na hora, e ele normalmente se desincumbia com elegância da tarefa. Para um exemplo mais que adequado, acho eu, do que isso quer dizer, quando eu lia meus contos novos em voz alta ele tinha o inalterável hábito de, uma vez por conto, me interromper no meio de uma fala num diálogo para me perguntar se eu sabia que tinha um Bom Ouvido para os Ritmos e Cadências da Fala Coloquial. Era um prazer para ele fazer uma cara muito sábia quando me vinha com essa.

O que me cabe em seguida são as Orelhas. Na verdade eu tenho um filminho inteiro sobre elas — um curta todo riscado da minha irmã Boo Boo, com seus onze aninhos, saindo num impulso rebelde da mesa de jantar e voltando tempestuosamente para a sala um minuto depois para ver como ficavam nas orelhas do Seymour umas argolas que destacou de um caderno de folhas soltas. Ela ficou muito satisfeita com o resultado, e o Seymour passou a noite toda usando as argolas. Não é impossível que elas tenham ficado ali até tirarem sangue. Mas não eram para ele. Ele não tinha, receio eu, as orelhas de um bucaneiro, mas as de um velho cabalista, ou de um velho Buda. Lóbulos carnudos extremamente compridos. Lembro do Padre Waker, passando por aqui uns anos atrás com um terno preto muito quente, me perguntando, enquanto eu fazia as palavras cruzadas do *Times*, se eu achava que as orelhas do S. eram da dinastia Tang. De minha parte, caberia uma datação ainda anterior.

Estou indo deitar. Talvez uma saideira, antes, na Biblioteca, com o coronel Anstruther, aí deitar. Por que é que isso me deixa tão cansado? Mãos suando, barriga revirada. O Homem Integrado simplesmente não está à vista.

Não fosse pelos olhos e talvez (eu disse *talvez*) pelo nariz, me vejo tentado a pular o resto do rosto dele, e que se dane a Abrangência. Eu não suportaria ser acusado de não deixar *nadinha* para a imaginação do leitor.

*

De uma ou duas maneiras que são convenientes de descrever, os olhos dele lembravam os meus e os da Boo Boo, na medida em que (*a*) a cor dos olhos desse pessoal podia ser descrita de maneira algo tímida como caldo de carne extraescuro, ou

Castanho Judaico Lamurioso, e (*b*) nós todos acabamos tendo olheiras e, num ou noutro caso, bolsas de verdade sob os olhos. Neste ponto, no entanto, toda e qualquer comparação intra-familiar dá com os burros n'água. Parece pouco cavalheiresco para com as moças que compõem o elenco, mas meu voto para os dois "melhores" pares de olhos da família iria para Seymour e Zooey. E no entanto cada um desses pares era tão comple-tamente diferente do outro, e a cor era o menor dos detalhes. Alguns anos atrás eu publiquei um conto excepcional*men*te Pungente, Memorável, desagradavelmente controverso e com-pletamente malsucedido a respeito de um menininho "super-dotado" a bordo de um transatlântico, e em algum trecho ali havia uma descrição detalhada dos olhos do menino. Por uma coincidência das mais felizes, por acaso tenho uma cópia do tal conto comigo neste momento, elegantemente presa com um alfinete à lapela do meu roupão. Cito: "Seus olhos, que eram castanho-claros e nada grandes, eram ligeiramente es-trábicos — o esquerdo mais que o direito. Não eram estrábicos a ponto de serem desfigurantes, nem de serem perceptíveis num primeiro olhar. Eram estrábicos só o bastante para que isso fosse mencionado, e apenas contextualizado com o fato de que seria bom pensar muito, e muito sério, antes de dese-jar que eles fossem mais alinhados, mais profundos, mais cas-tanhos ou mais afastados um do outro". (Talvez fosse melhor a gente parar um segundo para tomar *fôlego*.) A verdade é que (sério, sem Ha Ha Ha) esses não eram nem de longe os olhos do Seymour. Os dele eram escuros, muito grandes, dispostos a uma distância bem adequada um do outro e, se tanto, extre-mamente não estrábicos. E no entanto ao menos dois mem-bros da minha família perceberam e comentaram que eu es-tava tentando chegar aos olhos dele com aquela descrição, e até acharam que eu não tinha conseguido um resultado assim tão péssimo, de uma maneira *peculiar*. Na verdade havia sobre os olhos dele, ora aqui, ora lá, algo como a sombra de uma teia superfina — só que não tinha nada de sombra, e era *aí* que eu me enrolava. Outro escritor, tão fã quanto eu de se divertir um pouquinho — Schopenhauer —, tenta, em algum trecho da *sua* hilária obra, descrever um par de olhos similar, e é para mim um deleite dizer que, na comparação, a descrição dele é uma grande porcaria.

Tudo bem. O Nariz. Eu digo a mim mesmo que isso só vai doer um minutinho.

Se, num momento qualquer entre 1919 e 1948, você entrasse num cômodo onde estivéssemos eu e o Seymour, é possível que houvesse apenas uma maneira, mas infalível, de saber que eu e ele éramos irmãos. Seria pelo nariz e pelo queixo. O queixo, é claro, eu posso deixar de lado sem mais delongas dizendo que nós quase não tínhamos. Nariz, contudo, nós tínhamos, e como, e os dois estavam muito perto de ser idênticos: grandiosos apêndices carnudos, caídos, com cara de *trompe*, que eram diferentes de todos os outros da família à exceção, nitidissimamente, do nariz do querido vovô Zozo, cuja forma, que se projetava da superfície de um antigo daguerreótipo, me dava bastante medo na infância. (Pensando bem, o Seymour, que nunca fazia piadas, digamos, anatômicas, uma vez me surpreendeu consideravelmente ao perguntar se o nosso nariz — o dele, o meu, o do vô Zozo — tinha o mesmo dilema noturno de certas barbas, ou seja, se a gente dormia com ele por baixo ou por cima das cobertas.) Mas corre-se o risco de que isso tudo soe muito *arejado*. Eu gostaria de deixar claro — ofensivamente claro, se for o caso — que definitivamente não se tratava de românticas protuberâncias à la Cyrano. (O que é um tema perigoso em todas as esferas, acho eu, neste admirável mundo novo da psicanálise, onde quase todo mundo sabe sem titubear quem veio primeiro, o nariz ou as tiradinhas de Cyrano, e onde há um amplo e internacionalizado mutismo clínico no que se refere a todos os narigudos que sejam inquestionavelmente calados.) Acho que a única diferença digna de mencionar nos quesitos gerais de largura, comprimento e contorno do nosso nariz era o fato de que havia uma curvatura bem perceptível, sinto-me obrigado a dizer, à direita, um entortamento adicional, na ponte do nariz do Seymour. Ele sempre suspeitou que isso deixava o meu nariz mais aristocrático, em comparação. A "curvatura" foi adquirida quando alguém da nossa família estava algo distraidamente treinando rebatidas com um taco de beisebol na sala do nosso antigo apartamento na Riverside Drive. O nariz dele nunca foi consolidado depois desse infortúnio.

Hurra. O nariz acabou. Vou dormir.

*

Ainda não ouso rever o que escrevi até aqui; aquele antigo medo que vem com a profissão, de virar uma fita Royal de máquina de escrever quando o relógio der a meia-noite, está *muito* forte hoje. Mas estou com uma sensação bem clara de não ter apresentado um retrato vivo do Xeique das Arábias. O que é, espero, justo e correto. Ao mesmo tempo, que ninguém queira inferir, graças à porcaria da minha incompetência e ao meu ímpeto, que o S. era, nessa terminologia comum e cansativa, um feio atraente. (Trata-se de um rótulo para lá de suspeito em *qualquer* situação, especialmente quando empregado por certas representantes do sexo feminino, reais ou imaginárias, para justificar uma atração quiçá demasiadamente singular por demônios com um uivo espetacularmente doce ou, de maneira algo menos categórica, por cisnes que tiveram uma má educação.) Nem que tenha que martelar essa ideia — e já andei martelando, sei bem —, preciso deixar bem claro que nós éramos, ainda que em graus levemente diferentes, duas crianças importunamente "feiosas". Meu Deus do céu, como nós éramos feiosos. E embora eu ache que possa dizer que a nossa aparência "melhorou consideravelmente" com a idade, na medida em que nosso rosto "encorpou", devo afirmar e reafirmar que, meninos, rapazes, adolescentes, nós indubitavelmente éramos um baque à primeira vista para muitas pessoas sinceramente delicadas. Estou falando aqui, é claro, de adultos, não de outras crianças. Em geral as crianças pequenas não sofrem grandes baques — não desse tipo, pelo menos. Por outro lado, em geral as crianças pequenas também não tendem a ter um coração muito generoso. Com frequência, em festas infantis, a mãe de alguém, que fazia certa questão de mostrar como era progressista, sugeria um jogo de Verdade ou Consequência ou Casamento Atrás da Porta, e posso livremente atestar que durante toda a infância os dois irmãos Glass mais velhos foram veteranos receptores de frouxos apertos de mão (coisa ilógica mas adequada, acho eu), a não ser, é claro, que se tratasse de uma menininha chamada Charlotte Biscate, que era meio doida mesmo. E isso nos incomodava? E nos causava dor? *Pensa agora com cuidado, escriba.* Minha resposta muito lenta e refletida: Quase nunca. No meu próprio caso, por três motivos que me ocorrem com facilidade. Primeiro, fora um ou dois instáveis intervalos de tempo, eu acreditei durante toda a minha infância — em grande medida graças à insistência do Seymour mas de maneira alguma só por isso — que eu era um camarada destacadamente encantador e competente, e que o fato de alguém pensar diferente era uma mácula ao mesmo tempo inquestionável e curiosamente desimportante no gosto dessa pessoa. Segundo (se você suporta esta aqui, e não vejo como você possa suportar), eu tinha plena e otimista convicção antes dos cinco anos de idade de que seria um escritor de superlativo talento quando crescesse. E, terceiro, com pouquíssimos desvios, e nem unzinho dentro do coração, eu sempre tive um prazer e um orgulho secretos de ter qualquer semelhança física com o Seymour. Com o próprio Seymour, o caso, como sempre, era diferente. Ele se alternava entre se importar muito e nem um pouco com a sua aparência estranha. Quando se importava muito, ele se importava por causa dos outros, e eu me vejo pensando especialmente, neste momento, na nossa irmã Boo Boo. O Seymour era doido por ela. O que não quer dizer grandes coisas, já que ele era doido por todo mundo na família e por quase todo mundo fora dela. Mas, como todas as moças que *eu* conheci na vida, a Boo Boo passou por uma fase — admiravelmente curta, no seu caso, isso eu devo dizer — em que ela "morria de vergonha" no mínimo duas vezes por dia por causa das *gaffes* e dos *faux pas* dos adultos em geral. No auge desse período, uma professora de história, que era uma das favoritas dela, que entrasse em sala de aula depois do almoço com uma sujeirinha de charlotte russe na bochecha já bastava para fazer a Boo Boo fenecer e morrer de vergonha ali mesmo. Mas com grande frequência ela chegava em casa morta por motivos menos triviais, e eram essas ocasiões as que incomodavam e preocupavam o Seymour. Ele se preocupava muito especialmente, por ela, com adultos que vinham até nós (eu e ele) em festas para nos dizer como estávamos elegantes naquela noite. Se não isso exatamente, esse *tipo* de coisa acontecia não poucas vezes, e a Boo Boo sempre parecia estar perto o suficiente para ouvir, esperando para com certeza morrer de vergonha.

Talvez eu me preocupe menos do que devia com a possibilidade de extrapolar os limites nesse tema do rosto dele, do seu rosto *físico*. Concedo, sem demora, que há certa ausência de uma perfeição plena nos meus métodos. Talvez esteja indo longe demais com esta descrição toda. Para começo de conversa, vejo que já discuti quase todos os traços do rosto dele e ainda nem sequer toquei na *vida* daquele rosto. Essa ideia, por si só — por essa eu não esperava —, é depressiva demais.

E no entanto, mesmo nos momentos em que sinto essa depressão, mesmo nos momentos em que me deixo abater por ela, certa convicção que tive desde o começo permanece intacta — aconchegada no seu canto e bem quentinha. "Convicção" nem é a palavra certa. Trata-se mais de um prêmio para o maior dos masoquistas, ou um certificado de resistência. Eu sinto que tenho um *conhecimento*, uma espécie de compreensão editorial derivada dos meus fracassos ao longo dos últimos onze anos para descrevê-lo no papel, e esse conhecimento me diz que ele não pode ser tangenciado com eufemismos. Pelo contrário, na verdade. Eu escrevi e histrionicamente queimei no mínimo uma dúzia de contos ou de esboços a respeito dele desde 1948 — alguns, cala-te boquinha, bem decentes e bem legíveis. Mas não era o Seymour. Erija um eufemismo para o Seymour e ele se transforma, ele *amadurece* e vira uma mentira. Uma mentira artística, talvez, e às vezes até uma mentira deliciosa, mas uma mentira.

Eu sinto que devia ficar acordado mais uma ou duas horas. Carcereiro! *Não deixe este homem dormir.*

Havia tanto que nada lembrava de gárgulas. As mãos, por exemplo, eram muito elegantes. Hesito em dizer que fossem bonitas, porque não quero cair na mais que condenável expressão "lindas mãos". As palmas eram largas, o músculo entre polegar e indicador tinha uma inesperada aparência de desenvolvimento, "forte" (as aspas são *desnecessárias* — pelo amor de Deus, relaxe), e no entanto os dedos eram mais longos e mais finos até que os da Bessie; os dedos médios pareciam algo que você ia ter que medir com uma fita métrica.

Estou pensando sobre esse último parágrafo. Ou seja, sobre a quantidade de admiração pessoal que coube ali dentro. Até onde, eu fico pensando, pode-se ter o direito de admirar a mão de um irmão sem levantar certas modernas sobrancelhas? Na minha juventude, meu desengonçado Pai Francisco, minha heterossexualidade (descontados alguns, digamos assim, nem sempre voluntários períodos de vacas magras) foi sempre motivo de certa fofoca generalizada em alguns dos meus antigos Grupos de Estudo. E no entanto agora me vejo relembrando, com uma nitidez quem sabe um tiquinho demasiada, que Sofia Tolstói, numa das suas, não duvido, justificadas crises matrimoniais, acusou o pai dos seus treze filhos, o ancião que continuou a importuná-la toda noite durante a sua vida de casados, de ter inclinações homossexuais. Acho, de modo geral, que Sofia Tolstói era uma mulher notavelmente não brilhante — e meus átomos, além de tudo, estão dispostos de uma maneira que me torna constitucionalmente inclinado a acreditar que onde há fumaça há normalmente geleia de morango, raramente fogo —, mas acredito mui enfaticamente que há uma imensa parcela de androginia em qualquer prosador da espécie tudo-ou-nada, e até nos que só pretendem sê-lo. Acho que se ele solta risadinhas pueris diante de escritores que usam saias invisíveis faz isso por sua conta e, eterno, risco. Não me pronuncio mais a respeito. Esse é precisamente o tipo de confidência que pode ser Traída de maneira fácil e suculenta. É de espantar que por escrito não sejamos mais covardes que o normal.

A voz do Seymour, o seu incrível aparelho fonador, eu não posso discutir aqui. Não tenho espaço para pegar embalo direito. Vou apenas dizer, por enquanto, na minha própria Voz Misteriosa original, que a voz dele era o melhor de todos os instrumentos musicais totalmente imperfeitos que eu já ouvi sem parar. Repito, no entanto, que gostaria de adiar a ideia de fornecer uma descrição plena dessa voz.

A pele dele era escura, ou pelo menos estava no ponto mais extremo da parte segura do espectro pálido, e era extraordinariamente limpa. Ele passou a adolescência inteira sem uma única espinha, e isso me deixava tanto intrigado quanto muito irritado, já que ele comia basicamente a mesma quantidade de comida de refeitório — ou o que nossa mãe chamava de Comida Sem Higiene Feita por Homens Sujos Que Nunca Nem Lavam A Mão — que eu, bebia no mínimo tanto refrigerante engarrafado quanto eu e seguramente não se lavava mais vezes do que eu. Se bobear, ele se lavava bem menos do que eu. Ficava tão ocupado garantindo que o resto do bando — especialmente os gêmeos — tomasse banho que não raro perdia a vez. O que me joga, de modo não muito conveniente, direto de volta ao tema das barbearias. Quando estávamos indo cortar o cabelo numa certa tarde, ele estacou subitamente no meio da avenida Amsterdam e me perguntou, bastante sobriamente, com carros e caminhões passando como raios nas duas direções, se eu ia achar muito ruim ir cortar o cabelo sem ele. Eu o levei até o meio-fio (queria ter uma moedinha para cada meio-fio a que o levei, adulto e menino) e disse que certamente *ia* me incomodar. Ele estava com a sensação de que o seu pescoço não estava limpo. Seu plano era poupar Victor, o barbeiro, da ofensa que seria olhar o seu pescoço sujo. E *estava* sujo, em termos objetivos. Não foi nem a primeira nem a última vez que ele meteu um dedo na parte de trás do colarinho da camisa e me pediu que desse uma olhada. Normalmente aquela região estava com o policiamento adequado, mas quando não estava, definitivamente não estava.

Agora eu tenho que ir dormir mesmo. A pró-reitora das alunas — uma pessoa dulcíssima — vem ao raiar do sol para passar o aspirador.

*

O terrível assunto que são as roupas tem que entrar em algum lugar aqui. Que conveniência maravilhosa se os escritores se permitissem descrever as roupas dos seus personagens, artigo por artigo, vinco por vinco. O que nos detém? Em parte, a tendência de deixar para o leitor, que nunca encontramos, ou a banda podre ou o benefício da dúvida — a banda podre quando não confiamos que saiba tanto quanto nós a respeito de homens e costumes, o benefício quando preferimos não acreditar que tenha na ponta dos dedos o mesmo tipo mesquinho e sofisticado de dados que nós temos. Por exemplo, quando estou no médico que cuida dos meus pés e topo com uma fotografia, na revista *Peekaboo*, de certa personalidade pública americana que começa a ganhar fama — uma estrela de cinema, um político, o reitor recém-nomeado de uma universidade — e o homem é representado em casa com um beagle a seus pés, um Picasso na parede, trajando um blazer Norfolk, eu normalmente serei muito gentil com o cachorro e vou tratar o Picasso com a devida cordialidade, mas posso ser intolerável no que se refere a tirar conclusões a respeito de blazers Norfolk em figuras públicas americanas. Se, veja bem, eu não estiver encantado de saída com aquela pessoa, o blazer vai dar conta do recado. Vou concluir a partir dali que a porcaria dos seus horizontes está se ampliando um pouco rápido demais para o meu gosto.

Vamos em *frente*. Como meninos mais velhos, tanto o S. quanto eu tínhamos um gosto horroroso para roupas, cada um à sua maneira. É um tanto estranho (não muito, na verdade) que nós *tivéssemos* esse gosto tão terrível para roupas, porque quando éramos pequenos estávamos sempre vestidos de maneira bem satisfatória e nada fora do comum, acho eu. Na primeira parte da nossa carreira de artistas contratados do rádio, a Bessie nos levava até a De Pinna, na Quinta Avenida, para comprar roupas. *Como* ela descobriu aquele estabelecimento morto e respeitável, para começo de conversa, eu já nem consigo imaginar. O meu irmão Walt, que era um rapaz muito elegante enquanto estava vivo, achava que a Bessie tinha simplesmente perguntado a um policial. Conjectura nada absurda, já que a nossa Bessie, quando nós éramos crianças, normalmente tratava dos seus problemas mais cabeludos com a coisa mais próxima de um oráculo druídico em Nova York — o guardinha de trânsito irlandês. De certa forma, posso supor que a suposta sorte dos irlandeses de fato *teve* algo a ver com o fato da Bessie ter descoberto a De Pinna. Mas certamente não tudo, nem de longe. Por exemplo (isto é intempestivo, mas divertido), minha mãe jamais, nem na mais leve acepção do termo, foi uma leitora de livros. Eu presenciei suas entradas numa das livrarias espalhafatosas da Quinta Avenida para comprar um presente de aniversário para um dos meus sobrinhos, de onde ela emergia com a edição de *A leste do Sol e a oeste da Lua* ilustrada por Kay Nielsen, e se você conhecesse a compradora, teria certeza de que ela agiu de maneira elegante mas alheia para com os prestimosos vendedores à solta por ali. Mas vamos voltar para a nossa aparência na juventude. Nós começamos a comprar nossas próprias roupas, independentes da Bessie *e* um do outro, quando estávamos bem no início da adolescência. Sendo o mais velho, Seymour foi o primeiro a seguir o seu caminho, por assim dizer, mas eu compensei o tempo perdido logo que pude. Lembro de largar a Quinta Avenida como uma batata fria quando tinha acabado de completar catorze anos, e de ir direto para a Broadway — especificamente, para uma loja na altura das ruas 50 onde os vendedores, achava eu, eram mais do que vagamente hostis mas pelo menos reconheciam um sujeito que nasceu para ser elegante quando o viam entrar. No último ano em que eu e o S. estivemos juntos no ar — 1933 — eu chegava para todas as transmissões usando um terno transpassado cinza-claro com ombreiras enormes, uma camisa azul-marinho com colarinho "mole" hollywoodiano, e a que estivesse mais limpa das duas gravatas de algodão cor de açafrão que eu guardava para ocasiões formais em geral. Nunca mais eu me senti tão bem-vestido, para falar a verdade. (Imagino que um sujeito que escreve nunca se livra de verdade das suas velhas gravatas amarelo-açafrão. Mais cedo ou mais tarde, acho eu, elas aparecem na sua prosa, e não há muito que ele possa fazer a respeito.) O Seymour, por outro lado, escolhia roupas maravilhosamente coordenadas. O principal truque *ali* era que nada que ele comprava — ternos, sobretudos especialmente — servia direito para ele. Ele devia sair correndo, possivelmente seminu e certamente sem marcas de giz, toda vez que alguém do departamento de alfaiataria se aproximava. Seus paletós eram todos curtos ou compridos demais. As mangas via de regra iam até a metade do polegar, ou paravam no osso do punho. Os fundilhos das calças estavam sempre perto de serem os piores. Às vezes eram até de dar medo, como se os fundilhos de uma calça 36 regular tivessem sido largados, tal qual uma ervilha num cesto, numa calça 42 extralonga. Mas há outros aspectos mais formidáveis que precisamos considerar aqui. Assim que um artigo de vestuário estava de fato no seu corpo, Seymour perdia toda e qualquer consciência material da roupa — à exceção, talvez, de certa vaga consciência técnica de não mais estar completamente nu. E não se tratava simplesmente da marca de uma instintiva, ou até bem-educada, antipatia à ideia de ser o que se chamava nos nossos círculos de um Homem Elegante. Eu cheguei a ir uma ou duas vezes às Compras com ele, e acho, agora, que ele comprava suas roupas com um leve mas, para mim, agradável toque de orgulho — como um jovem *brahmacharya*, ou noviço hindu, escolhendo seu primeiro manto. Ah, era uma situação bem esquisita. E alguma coisa também sempre dava errado com as roupas do Seymour no mesmo instante em que ele ia se vestir. Ele podia ficar três ou quatro minutos normais e tranquilos diante de um armário aberto inspecionando o seu lado do nosso porta-gravatas, mas você *sabia* (se fosse estúpido a ponto de ficar ali olhando para ele) que assim que ele fizesse a sua escolha a gravata estava condenada. Ou seu futuro nó estava destinado a refugar diante da ideia de caber direitinho no V do colarinho da camisa — geralmente repousava quase meio centímetro aquém do botão do pescoço —, ou se o nó potencial *chegasse* a ser colocado em segurança onde devia ficar, então uma pequena faixa de seda estava definitivamente fadada a aparecer por baixo da dobra do colarinho atrás do pescoço, parecendo mais a alça do binóculo de um turista. Mas eu preferia abandonar esse tema difícil. As roupas dele, em resumo, muitas vezes levavam a família toda a algo parecido com o desespero. Eu só dei uma descrição bem *superficial*, na verdade. A coisa surgia com inúmeras variações. Eu pelo menos podia acrescentar, e depois abandonar rapidinho o assunto, que pode ser uma experiência profundamente perturbadora estar parado, digamos, ao lado de um dos vasos de palmeira no Biltmore, na hora de mais movimento para os coquetéis, num dia de verão, e ver seu suserano descer saltitante a escada de acesso público obviamente satisfeitíssimo de te ver mas com a ponte levadiça em posição desprevenida, portões abertos.

Eu adoraria insistir mais um minutinho nessa questão das escadarias aos pulinhos — ou seja, prosseguir às cegas, dane-se o lugar aonde eu for parar. Ele subia tudo quanto era lance de escada aos saltos. Às pressas. Raramente o vi subir escadas de qualquer outra maneira. O que me leva — de modo pertinente, hei de supor — ao tema do viço, vigor, vitalidade. Não posso imaginar que alguém, hoje em dia (não posso imaginar *com facilidade* que alguém hoje em dia) — com a possível exceção de estivadores estranhamente inseguros, alguns oficiais reformados do exército e da marinha e vários garotos pequenos que se preocupam com o tamanho do bíceps —, leve muito a sério as antigas acusações populares de falta de robusteza que se lançavam contra os poetas. Malgrado isso tudo, aceito

sugerir (particularmente visto que tantos militares e aventurei-
ros mais que viris me incluem entre seus contadores de causos
preferidos) que uma quantidade bem considerável de mera intensidade física, e não meramente energia nervosa ou um ego
feito de ferro forjado, é necessária para se chegar à versão final
de um poema de primeira categoria. Não é raro, infelizmente,
que um bom poeta se transforme num péssimo zelador do próprio corpo, mas acredito que via de regra ele o terá recebido
em excelentes condições. Meu irmão foi a pessoa mais quase
incansável que já conheci. (De repente me dei conta do horário. Ainda nem é meia-noite, e não me parece estranha a ideia
de ir para o chão e ficar escrevendo deitado de costas.) Acabei
de constatar que nunca vi o Seymour bocejar. Ele deve ter bo-
cejado, claro, mas eu nunca vi. E claro que não foi por algum
motivo ligado a etiqueta, também; lá em casa não se fazia força
para suprimir bocejos. Eu bocejava regularmente, sei bem — e
dormia mais que ele. Mas, enfaticamente, nós dois dormíamos
pouco, desde pequenos. Durante, especialmente, o período
médio da nossa carreira no rádio — ou seja, os anos em que
cada um de nós levava ao menos três carteirinhas de biblioteca
no bolso de trás das calças, como velhos passaportes maltrata-
dos — houve pouquíssimas noites, noites de dias de *aula*, em
que as lâmpadas do nosso quarto estivessem apagadas antes de
duas ou três da manhã, a não ser durante os pequenos intervalos cruciais pós-Toque de Silêncio, quando a Primeiro-Sar-
gento Bessie fazia a sua ronda geral. Quando o Seymour estava
empolgado com alguma coisa, podia ficar, e muitas vezes ficou,
a partir dos seus doze anos de idade, duas ou três noites seguidas sem nem ir para a cama e sem dar grandes mostras de so-
frimento, na aparência ou na voz. Perder muito sono aparentemente lhe afetava apenas a circulação; ele ficava com as mãos e
os pés frios. Durante o que seria talvez uma terceira noite seguida sem dormir, ele erguia os olhos pelo menos uma vez do

que estava fazendo e me perguntava se eu estava sentindo um vento encanado horroroso. (Ninguém na nossa família, nem o Seymour, sentia vento encanado. Só um vento encanado horroroso.) Ou ele levantava da cadeira ou do chão — onde quer que estivesse lendo ou escrevendo ou contemplando — para ver se alguém tinha deixado a janela do banheiro aberta. Fora eu, Bessie era a única pessoa do apartamento que sabia dizer quando o Seymour estava ignorando o sono. Ela julgava pelo número de pares de meia que ele estava usando. Nos anos que se seguiram à sua passagem das calças curtas às roupas de adulto, Bessie ficou ininterruptamente erguendo a bainha das calças dele para ver se ele estava usando dois pares de meia à prova de vento encanado.

Eu hoje sou o meu próprio Morfeu. Boa noite! Boa noite, pessoalzinho calado de dar nos nervos!

*

Muitos, mas muitos homens da minha idade e na minha faixa de renda que escrevem sobre os seus irmãos mortos num encantador formato de quase diário nem se dão ao trabalho de nos fornecer datas ou dizer quem eles *são*. Nenhuma ideia de colaboração. Jurei que não deixaria isso acontecer comigo. Estamos numa quinta-feira, e estou de volta à minha cadeira pavorosa.

São quinze para a uma da manhã, e estou sentado aqui desde as dez, tentando, enquanto o Seymour material está na página, encontrar uma forma de apresentá-lo como Atleta e Jogador sem irritar excessivamente as pessoas que detestam esportes e jogos. E me deixa realmente consternado e revoltado descobrir que não consigo entrar no assunto sem começar pedindo desculpas. Para começo de conversa, acontece que eu sou de um Departamento de Letras que conta com dois de seus membros numa sólida trajetória rumo à posição de poetas modernos reconhecidos e com um terceiro que é um crítico literário para lá de chique aqui na Costa Leste acadêmica, uma figura de proa entre os especialistas em Melville. Todos esses três (eles também têm grande afeição por mim, como você bem pode imaginar) saem no que tendo a considerar uma corrida algo pública demais no auge da temporada de beisebol profissional, rumo a um aparelho de televisão e uma garrafa de cerveja gelada. Infelizmente, esta pequena pedra coberta de hera é um pouco menos devastadora devido ao fato de que a arremesso de uma casa totalmente coberta de vidro. Sou torcedor de beisebol desde que me conheço por gente, e não duvido que exista uma região no interior do meu crânio que deve lembrar um fundo de gaiola de pássaro, forrado por antigas Sessões de Esporte esfarrapadas. A bem da verdade (e considero esta a última palavra na íntima relação leitor-escritor), provavelmente um dos motivos de eu ter ficado no ar por bem mais de seis anos seguidos quando criança foi o fato de eu poder dizer aos Habitantes da Radiolândia o que os irmãos Waner tinham aprontado durante a semana ou, ainda mais impressionante, quantas vezes Cobb roubou a terceira base em 1921, quando eu tinha dois anos de idade. Isso ainda me incomoda um pouquinho? Será que ainda não fiz as pazes com as tardes da minha juventude em que eu fugia da Realidade, graças ao "Elevado" da Terceira Avenida, para chegar ao meu pequeno útero próximo à terceira base do Polo Grounds? Eu não acredito numa coisa dessas. Talvez seja em parte porque estou com quarenta anos e acho que já está mais do que na hora de pedirem para todos os meninos idosos que escrevem se mandarem dos estádios e das arenas de tourada. Não. Eu *sei* — meu Deus do céu, eu *sei* — por que hesito tanto para apresentar o Esteta como Atleta. Não penso nisso há muitos e muitos anos, mas esta é a resposta: Havia um menino excepcionalmente inteligente e simpático no rádio comigo e com o S. — um certo Curtis Caulfield, que acabou morrendo durante um dos desembarques no Pacífico. Ele um dia foi comigo e com o Seymour até o Central Park, onde eu descobri que ele arremessava como se tivesse duas mãos esquerdas — como a maioria das meninas, em resumo —, e ainda posso ver a cara que o Seymour fez para o som da minha gargalhada equina crítica, uma gargalhada de garanhão. (Como é que eu posso racionalizar essa análise profunda de personalidade? Será que eu passei para o Outro Lado? É hora de começar a cobrar pelas consultas?)

Vamos de uma vez. S. *adorava* esportes e jogos, em quadras e campos, e via de regra era espetacularmente bom ou espetacularmente ruim — raramente ficava no meio. Alguns anos atrás, minha irmã Franny me informou que uma das suas Primeiras Lembranças é de estar deitada num "cesto de vime" (como uma Infanta, imagino) vendo o Seymour jogar pingue-pongue com alguém na sala de estar. Na verdade, acho eu, o cesto de vime que ela tem em mente era um bercinho surrado com rodas que a irmã dela, Boo Boo, usava para levá-la de um lado para outro, pelo apartamento inteiro, trombando em batentes de porta, até que se chegasse ao centro das atividades. Mas é mais do que possível que ela de fato tenha visto o Seymour jogar pingue-pongue quando ela era bebê, e esse adversário não lembrado e que parecia descolorido podia facilmente ter sido eu mesmo. Eu normalmente me descoloria completamente de susto quando jogava pingue-pongue com o Seymour. Era como ter a própria Mãe Káli do outro lado da rede, cheia de braços e sorrisos, e sem uma partícula de interesse pelo placar. Ele batia, cortava, ia atrás de uma em cada duas ou três bolas como se fossem um lob e merecessem o devido smash. Cerca de três em cada cinco bolas do Seymour iam parar ou na rede ou longe pra cacete da mesa, então era virtualmente um jogo sem voleios com ele. Mas esse era um fato que nunca chegou exatamente a monopolizar sua atenção, e ele sempre ficava surpreso e se desculpando de maneira abjeta quando o adversário acabava por fim reclamando em alto e amargo tom de ter de ir buscar as bolinhas pela sala toda, embaixo das cadeiras, do sofá, do piano, e naqueles lugarzinhos safados atrás das estantes de livros.

Ele era igualmente impactante e igualmente atroz quando jogava tênis. Nós jogávamos *sempre*. Especialmente no meu último ano de faculdade, em Nova York. Ele já estava dando aulas na mesma instituição, e houve muitos dias, especialmente na primavera, em que eu ficava com medo do tempo conspicuamente bom, por saber que algum rapazote ia cair aos meus pés, como o Jovem Menestrel, com um bilhete do Seymour perguntando se não estava um dia maravilhoso e que tal uma partidinha de tênis mais tarde. Eu me recusava a jogar com ele nas quadras da universidade, onde tinha medo de que algum dos meus amigos *ou* algum dos dele — especialmente alguns dos seus *Kollegen* mais suspeitos — pudesse vê-lo em ação, então nós normalmente íamos até o Rip's Courts, na rua 96, um lugar que a gente conhecia fazia tempo. Um dos mais impotentes estratagemas que cheguei a elaborar foi o de deliberadamente deixar a raquete e os tênis em casa, e não no meu armário do campus. Mas isso tinha uma pequena virtude. Eu normalmente recebia um mínimo gesto de afeto enquanto me vestia para ir encontrar com ele na quadra, e não raro uma das minhas irmãs ou um dos meus irmãos seguia bravamente comigo até a porta da frente para me ajudar a esperar o elevador.

Nos jogos de cartas, sem exceção — peixinho, pôquer, cassino, copas, mico, todo tipo de bridge, rouba-monte, vinte e um —, ele era absolutamente intolerável. Mas os jogos de peixinho eram *assistíveis*. Ele gostava de jogar com os gêmeos quando eles eram pequenos, e vivia dando dicas para eles perguntarem se ele tinha algum quatro ou valete, ou tossindo escandalosamente e mostrando a mão. No pôquer, também, ele era cintilante. Eu passei por um breve período do fim da adolescência em que entrei num projeto semiprivado, duríssimo, fadado à derrota, de me transformar num elemento social, um sujeito normal, e ficava recebendo gente para jogar pôquer. O Seymour muitas vezes ficava com a gente. Dava algum trabalho não perceber quando ele estava entupido de ases, porque ele ficava ali sorrindo, como dizia a minha irmã, como um Coelhinho da Páscoa com uma cesta cheia de ovos. Pior ainda, ele tinha costume de ficar com um straight ou até com um full house, ou coisa ainda melhor, e aí não subir a aposta, nem cobrir a aposta de alguém de quem ele gostava do outro lado da mesa, que estava jogando com um par de dez.

Ele era uma nulidade em quatro de cada cinco esportes ao ar livre. Durante nossos dias de escola primária, quando a gente morava na esquina da 110 com a Drive, normalmente tinha algum jogo de times acontecendo à noite, ou nas ruas laterais (taco, hóquei de patins), ou, mais comum, num pedaço de gramado, um parquinho de cachorros de tamanho bem decente, perto da estátua de Kossuth, na Riverside Drive (futebol americano ou normal). No futebol ou no hóquei, o Seymour tinha o costume, singularmente não adorável para os seus colegas de time, de disparar pelo campo — muitas vezes de maneira brilhante — e aí travar para que desse tempo do goleiro do outro time se colocar numa posição inexpugnável. Futebol americano ele quase nunca jogava, e praticamente só quando um ou outro time estava com um jogador a menos. Eu jogava direto. A violência não me desagradava, eu em geral morria era de medo dela, então não tinha escolha e tinha que acabar jogando; eu até organizava a porcaria dos jogos. Nas poucas ocasiões em que o S. participava dos jogos de futebol americano, não havia como adivinhar previamente se ele ia ser uma bênção ou uma maldição para os outros do time. Normalmente ele era o primeiro a ser escolhido na hora de montar os times, porque definitivamente tinha a cintura de uma cobra e um talento natural para não largar a bola. Se, no meio de campo, quando estava com a bola, ele não decidisse de repente entregar o coração para um defensor que vinha na sua direção, ele era uma clara bênção para o time. Como eu disse, no entanto, não havia mesmo como saber, nunca, se ele ia ajudar ou atrapalhar os planos. Uma vez, num dos momentos raros e deliciosos em que os meus próprios colegas de time me deixavam correr com a bola por uma das laterais, o Seymour, jogando no outro time, me desconcertou ao fazer uma cara felicíssima quando me viu correr na direção dele, como se se tratasse de um encontro fortuito, inesperado e imensamente providencial. Eu estaquei quase imediatamente, e alguém, é claro, me jogou no chão, como se dizia na vizinhança, que nem um saco de batatas.

Estou me estendendo demais aqui, eu sei, mas agora não tenho mesmo como parar. Como eu disse, ele podia ser espetacularmente bom em certos jogos, também. Imperdoavelmente bom, na verdade. Com isso eu quero dizer que existe um grau de excelência em jogos ou esportes que normalmente nos deixa ressentidos quando é atingido por um adversário heterodoxo, um categórico "bastardo" de um tipo ou de outro — um Bastardo Amorfo, um Bastardo Exibido, ou só um simples Bastardo Americano cem por cento, que, claro, cobre todo o espectro que vai de alguém que usa equipamento de qualidade inferior contra nós com grande sucesso até o outro extremo, um adversário vencedor que tem uma cara desnecessariamente boa, feliz. Só um dos crimes de Seymour, quando ele era excelente nos jogos, era a falta de Forma, mas era dos grandes. Estou pensando em três jogos especialmente: stoopball, bolinha de gude no meio-fio e sinuca. (A sinuca eu vou ter que discutir outra hora. Não era só um jogo para nós, era quase uma reforma protestante. Nós jogamos sinuca antes ou depois de quase todas as crises importantes da nossa jovem virilidade.) Stoopball, para esclarecimento dos leitores rurais, é um jogo de bola que se joga com o auxílio da fachada de um prédio. Pelas nossas regras, você jogava uma bolinha de borracha contra algum ornamento arquitetônico de granito — uma popular mistura em Manhattan era o jônico grego com o coríntio romano — que estivesse na fachada do nosso prédio, mais ou menos na altura da cintura. Se a bola ricocheteasse direto para a rua ou chegasse à calçada do outro lado e não fosse apanhada no ar por algum membro do outro time, valia como um ponto de beisebol; se alguém pegasse — e era o resultado mais comum — o jogador saía. O equivalente de um home run era só quando a bola voava com altura e velocidade suficientes para bater na parede do prédio do outro lado da rua sem ninguém pegar no rebote. No nosso tempo, várias bolas chegavam à parede do outro lado sem quicar, mas bem poucas eram rápidas, baixas e perfeitas a ponto de não poderem ser apanhadas sem quicar. Seymour marcava um home run praticamente toda vez que arremessava. Quando outros meninos da quadra marcavam, a tendência geral era pensar que tinha sido por sorte — sorte ou azar, dependendo do seu time —, mas, no caso do Seymour, não conseguir um home run é que parecia mero azar. Ainda mais estranho, e mais condizente com o que se está discutindo aqui, ele arremessava a bola de um jeito diferente de todo mundo. O restante de nós, se éramos normalmente destros, como *ele* era, ficávamos um tanto para a esquerda das superfícies onduladas que seriam atingidas e soltávamos um movimento brusco e lateral do braço. Seymour ficava *de frente* para aquela área crucial e jogava a bola com um movimento para *baixo* — muito similar ao seu grotesco e abominavelmente malfadado smash no pingue-pongue ou no tênis —, e a bola disparava por cima da cabeça dele, com um mínimo de necessidade dele se abaixar, direto para a arquibancada, por assim dizer. Se você tentasse fazer do jeito dele (tanto em particular quanto sob sua instrução pessoal, definitivamente cuidadosa), ou você conseguia um ponto fácil ou a (maldita) bola ricocheteava e te acertava no meio da cara. Chegou uma hora que ninguém ali na nossa quadra queria jogar stoopball com ele — nem eu. Com muita frequência, então, ele ou passava algum tempo explicando os detalhes do jogo para uma das nossas irmãs ou o transformava numa partida incrivelmente eficiente de paciência, com o rebote que vinha do outro prédio voltando tão certinho que ele não precisava nem mudar de posição para pegar a bola de novo. (Eu sei, eu sei, estou me alongando demais com essa porcaria toda, mas acho isso irresistível, depois de quase trinta anos.) Ele era o mesmo tipo de demoninho na bola de gude de meio-fio. Nesse jogo, o primeiro jogador rola ou joga a sua bolinha, o búrico, a uns cinco ou sete metros de distância ao longo da beira de uma ruela lateral sem carros estacionados, mantendo a bola bem pertinho do meio-fio. O segundo jogador tenta então acertar aquela bola, jogando a sua da mesma posição inicial. Raramente dava certo, já que quase qualquer coisa era capaz de desviar uma bolinha de gude do alvo: a própria rua irregular, um ricochete errado no meio-fio, um chiclete achatado, qualquer um dos cento e tantos dejetos típicos de uma ruela de Nova York — para nem falar da simples e pura mira ruim. Se o segundo jogador errasse com a primeira bola, ela normalmente acabava parando numa posição bem vulnerável, próxima dali, para o primeiro jogador atacar com a sua segunda rodada. Em oitenta ou noventa de cada cem vezes, nesse jogo, fosse ele o primeiro ou o último a jogar, o Seymour era imbatível. Nas bolas longas, fazia a bolinha vir em curva até a sua, num arco bem amplo, como uma bola de boliche que viesse bem de fora da linha lateral do campo. Aqui, também, sua postura, sua forma, era enlouquecedoramente irregular. Onde todo mundo na quadra

inteira jogava essa bola longa com um gesto em que as costas
da mão apontavam para o alvo, o Seymour soltava a *sua* bolinha com um gesto curto do braço — do pulso na verdade —
pela lateral, vagamente similar ao gesto de quem faz uma pedra
chata quicar num lago. E de novo a imitação dava em desastres.
Fazer do jeito dele era perder toda e qualquer chance de ter
algum controle real da bolinha.

Acho que parte da minha mente estava vulgarmente ato-
caiada à espera deste próximo trecho. Não penso nisso há
muitos e muitos anos.

Num fim de tarde, naquele quarto de hora vagamente cre-
moso de Nova York quando os postes acabaram de acender e
os faróis dos carros começam a acender — alguns sim, outros
ainda não —, eu estava jogando bolinha de gude de meio-fio
com um menino chamado Ira Yankauer, do lado de lá da ruela
que dava direto no toldo de lona do nosso prédio. Tinha oito
anos. Usava a técnica do Seymour, ou tentava — o gesto lateral,
a sua maneira de fazer uma curva ampla com a bola para acertar a
do outro sujeito —, e estava perdendo todas. Todas, mas sem
sofrer. Pois era aquela hora do dia em que os meninos de Nova
York não se diferenciam muito dos de Tiffin, Ohio, que ouvem
um distante apito de trem quando a última vaca está sendo levada para o estábulo. Naquela hora mágica, se você perde bolinhas, perde apenas bolinhas. O Ira também, acho eu, estava
na devida suspensão temporal, e se fosse assim, a única coisa
que podia estar ganhando eram bolinhas. Do meio desse silêncio, e em total harmonia com ele, o Seymour me chamou.
Foi uma agradável surpresa descobrir que havia uma terceira
pessoa no universo, e a essa sensação somou-se a perfeição de
que tal pessoa fosse Seymour. Eu me virei, completamente,
e suspeito que o Ira também deva ter se virado. As brilhantes lâmpadas bulbosas tinham acabado de acender sob o toldo
da nossa casa. O Seymour estava parado na beira do meio-fio

diante do prédio, virado para nós, equilibrado no meio da sola dos sapatos, com as mãos nos bolsos do casaco forrado de lã de ovelha. Com as luzes do toldo por trás dele, seu rosto estava na sombra, apagado. Tinha dez anos. Ao ver como ele estava equilibrado no meio-fio, ao ver a posição das mãos dele — bom, ao perceber a incógnita *x* propriamente dita, eu soube naquele momento tão bem quanto sei agora que ele também tinha imensa consciência da hora mágica do dia. "Será que dava pra você não mirar tanto?", ele me perguntou, ainda parado ali. "Se você acertar a dele mirando, vai ser só sorte." Ele estava falando, se comunicando, e mesmo assim não quebrava o encanto. *Eu* então quebrei. Bem deliberadamente. "Como é que pode ser *sorte* se eu *mirar*?", respondi a ele, não muito alto (apesar do itálico) mas com mais irritação do que estava de fato sentindo. Ele por um momento não abriu a boca, mas simplesmente ficou ali equilibrado no meio-fio, olhando para mim, eu sabia de um modo imperfeito, com amor. "Porque vai", ele disse. "Você vai ficar *feliz* se acertar a bolinha dele — a bolinha do Ira —, não vai? Você não vai ficar *feliz*? E se você fica *feliz* quando acerta a bolinha de alguém, é porque de um jeito meio secreto você não achava muito que ia acertar. Então ia precisar de um pouco de sorte, ia precisar ter um pouco de um monte de a*caso* em tudo." Ele desceu do meio-fio, mãos ainda nos bolsos do casaco, e veio até onde a gente estava. Mas um Seymour pensante não atravessava rápido uma rua crepuscular, ou seguramente não parecia atravessar. Naquela luz, ele veio na nossa direção lembrando muito um veleiro. O orgulho, por outro lado, é uma das coisas mais velozes deste mundo, e antes do Seymour chegar a dois metros de nós, eu disse apressado ao Ira, "Está ficando escuro mesmo", efetivamente acabando com a brincadeira.

Este último pentimento, ou sei lá o que isso foi, me deixou literalmente suando da cabeça aos pés. Eu quero um cigarro, mas meu maço está vazio e não estou com vontade de sair desta cadeira. Ah, meu Deus, que profissão mais nobre a minha. Quanto eu conheço o leitor? Quanto eu posso lhe dizer sem criar um constrangimento desnecessário para nós dois? Isso eu posso lhe dizer: Um lugar foi preparado para cada um de nós na nossa própria mente. Até um minuto atrás, eu tinha visto o meu quatro vezes na vida. Esta é a quinta. Eu vou me esticar ali no chão por meia horinha. Por favor me desculpe.

*

Isso me parece muito suspeitosamente o programa de uma peça de teatro, mas depois daquele último parágrafo tão cênico acho que isso tinha que aparecer. Já se passaram três horas. Eu peguei no sono no chão. (*Já estou recomposto, minha cara baronesa. Credo, o que a senhora terá pensado de mim? A senhora me permitirá, eu lhe suplico, pedir uma garrafa de vinho das mais interessantes. Vem dos meus próprios vinhedos, e acho que a senhora até* pode...) Gostaria de anunciar — com o mínimo possível de rodeios — que seja lá o que for que tenha causado a Perturbação na página três horas atrás, eu não estava, não estou agora e nunca estive nem um pouquinho embriagado pelos meus próprios poderes (meus pequenos poderes, minha cara baronesa) de memória quase fotográfica. No instante em que me tornei, ou fiz de mim, um trapo suarento, eu não estava pensando especialmente no que o Seymour estava dizendo — nem no próprio Seymour, para falar a verdade. O que essencialmente me impactou, me incapacitou, acho eu, foi a súbita percepção de que o Seymour é a minha bicicleta Davega. Eu estou esperando quase desde que me conheço por gente pela menor inclinação, que dirá a força para levar a decisão a cabo, de dar uma bicicleta Davega. E me apresso, é claro, para explicar:

Quando eu e o Seymour estávamos com treze e quinze anos de idade, nós saímos do nosso quarto para ouvir, acho,

Stoopnagle e Budd no rádio, e demos com uma grande comoção, ominosamente abafada, na sala de estar. Havia apenas três pessoas presentes — nosso pai, nossa mãe e nosso irmão Waker —, mas eu tenho a sensação de que havia outras pessoas, menores, ouvindo escondidas em lugares estratégicos. Les estava ruborizado de uma maneira horrenda, os lábios da Bessie estavam comprimidos a ponto de quase sumirem, e nosso irmão Waker — que naquele instante, pelas minhas contas, tinha quase exatamente nove anos e catorze horas de idade — estava em pé junto do piano, de pijama, descalço, com lágrimas escorrendo pelo rosto. Meu primeiro impulso numa situação familiar desse tipo era me escafeder, mas como o Seymour não parecia assim tão a ponto de fugir, eu também fiquei. Les, com exaltação parcialmente contida, finalmente expôs a acusação da promotoria para o Seymour. De manhã, como nós já sabíamos, Waker e Walt tinham recebido dois lindos presentes iguais, bem-acima-do-orçamento — duas bicicletas aro vinte e seis, barra dupla, listradas de vermelho e branco, as mesmíssimas que estavam na vitrine da loja de equipamentos esportivos Davega, na rua 86, entre a Lexington e a Terceira, e que os dois vinham admirando abertamente fazia quase um ano. Cerca de dez minutos antes de eu e o Seymour sairmos do quarto, Les tinha descoberto que a bicicleta do Waker não estava guardada em segurança no porão do prédio com a do Walt. Naquela tarde, no Central Park, o Waker tinha dado a sua. Um menino desconhecido ("algum otário que ele nunca viu na *vida*") veio falar com o Waker e pediu a bicicleta dele, e o Waker entregou. Nem Les nem Bessie, claro, desconsideravam as "belas intenções generosas" de Waker, mas os dois viam também os detalhes daquela transação com uma lógica implacável toda deles. O que, substancialmente, eles sentiam que o Waker devia ter feito — e Les agora repetia essa opinião, com grande veemência, para que o Seymour pudesse ouvir — era deixar o menino dar uma bela *volta* bem comprida com a bicicleta. Aqui o Waker desmontou, soluçando. O menino não *queria* dar uma volta comprida, ele queria a *bicicleta*. Ele nunca *tinha tido* bicicleta, aquele menino; e ele sempre *quisera* ter. Eu olhei para o Seymour. Ele estava ficando empolgado. Estava adquirindo uma expressão de boas intenções, mas de total incapacidade de arbitrar uma discussão complexa como aquela — e eu sabia, por experiência própria, que a paz na nossa sala de estar estava prestes a ser reinstaurada, nem que precisasse de algum milagre. ("O sábio é pleno de angústias e indecisões ao tomar qualquer caminho, e portanto tem sempre sucesso." — Livro XXVI, *Os textos de Chuang-tzu*.) Não vou descrever em detalhes (para variar, pelo menos) como o Seymour — e deve haver um jeito melhor de dizer isso, mas eu não sei qual — teve a competência de achar por acaso o cerne da questão de modo que, poucos minutos depois, os três beligerantes de maneira surpreendente trocavam beijinhos e faziam as pazes. O meu objetivo real aqui é gritantemente pessoal, e acho que já o declarei.

O que o Seymour gritou para mim — ou, melhor, me instruiu a fazer — naquela tarde do jogo de bolinha de gude em 1927 me parece envolver uma contribuição importante, e acho que certamente preciso discutir um pouco isso tudo. Muito embora, por mais que pareça algo chocante, quase nada pareça envolver uma contribuição tão importante aos meus olhos depois de tanto tempo quanto o fato do irmão flatulento do Seymour, aos quarenta anos, ter sido finalmente presenteado com uma bicicleta Davega toda sua para dar, de preferência a quem pedir primeiro. Eu me pego pensando, *ponderando*, se é exatamente *correto* passar de uma questão pseudometafísica pontual, por mais que seja minúscula e pessoal, para outra, por mais que seja robusta e impessoal. Ou melhor, sem primeiro me deter, sem me enrolar um pouco, no verborrágico estilo a que estou acostumado. Mesmo assim, aqui vai: Quando estava me instruindo, lá do outro meio-fio, a parar de mirar a bolinha de gude na do Ira Yankauer — ele tinha dez anos, por favor não esqueça —, acredito que estava instintivamente querendo dizer algo muito próximo em espírito do tipo de treinamento que um mestre arqueiro japonês dá quando proíbe um novo discípulo voluntarioso de mirar as flechas no alvo; ou seja, quando o mestre arqueiro permite, por assim dizer, a Mira, mas não mirar. Todavia, eu me inclino vigorosamente a deixar o arco e flecha zen e o próprio zen de fora desta dissertação miniatura — em parte, sem dúvida, porque "zen" está rapidamente se tornando uma palavra meio encardida, cultuada demais para quem tenha um ouvido refinado, e com grandes, ainda que superficiais, justificativas. (Digo superficiais porque o puro zen há de certamente sobreviver aos seus defensores no Ocidente, que, de maneira geral, parecem confundir sua quase doutrina do Desapego com um convite à indiferença espiritual, e até um convite à insensibilidade — e que nitidamente não hesitam em derrubar um Buda antes do seu pulso se tornar de ouro. O puro zen, caso eu precise acrescentar — e acho que preciso sim, no ritmo em que a coisa vai —, estará por aqui mesmo depois que uns esnobes como eu tiverem ido embora.) Acima de tudo, no entanto, eu me inclinaria a não comparar os conselhos de bolinha de gude do Seymour com o arco e flecha zen simplesmente porque não sou nem um arqueiro zen nem um zen-budista, muito menos um adepto da filosofia zen. (Seria inadequado aqui eu dizer que tanto as minhas raízes quanto as do Seymour, no que se refere à filosofia oriental — se eu puder chamá-las, com alguma hesitação, de raízes —, estavam, estão, plantadas no Antigo e no Novo Testamento, no Advaita Vedanta e no taoismo clássico? Eu tendo a me considerar, se é que tendo a dar a mim mesmo algo tão doce quanto um título oriental, como um carma iogue de quinta categoria, talvez com um pouquinho de jnana ioga para apimentar as coisas. Sinto uma profunda atração pela literatura zen clássica, tenho a petulância de dar aulas sobre ela e sobre a literatura do budismo maaiana uma noite por semana na universidade, mas a minha vida não teria como ser menos zenzificada do que é, e o pouco que fui capaz de apreender — escolho esse verbo com cuidado — da experiência zen foi um efeito colateral de seguir o meu próprio caminho mais ou menos natural, de extrema deszenzidade. Em grande medida porque o próprio Seymour literalmente implorou que eu fizesse isso, e nunca o vi se enganar no que se refere a esse tipo de coisas.) Felizmente para mim, e provavelmente para todo mundo, eu não acredito que seja realmente necessário incluir o zen nessa história toda. O método de jogar bolinha de gude que o Seymour, por pura intuição, estava me recomendando pode ser relacionado, eu diria, legítima e nada-orientalmente, à refinada arte de lançar uma ponta de cigarro num cestinho de lixo do outro lado da sala. Uma arte, creio eu, que a maioria dos fumantes do sexo masculino domina apenas quando não dá a menor pelota se a bituca cai no cesto ou não, ou se a sala está desprovida de testemunhas oculares, contando, digamos assim, com o próprio arremessador de cigarros. Vou fazer muita força para não mastigar essa ilustração, por mais que a considere deliciosa, mas acho adequado acrescentar — voltando temporariamente à bolinha de gude de meio- -fio — que depois que o próprio Seymour jogava uma bolinha, ele era todo sorrisos quando ouvia um estalido em reação, vidro contra vidro, mas nunca parecia que estivesse claro para ele de *quem* era aquele estalido da vitória. E também é verdade que alguém quase invariavelmente tinha que ir pegar a bolinha que ele ganhou e *entregar* para ele.

Graças a Deus que isso acabou. Eu posso te garantir que não pedi por isso.

Eu acho — eu *sei* — que este vai ser o meu último apontamento "físico". Que seja razoavelmente engraçado. Eu ia adorar aliviar a atmosfera antes de ir deitar.

É uma Anedota, afunde-se, mas eu vou nadar de braçada: Lá pelos meus nove aninhos, eu tinha a agradabilíssima ideia de que era o Mais Veloz Corredor Mirim do Mundo. É o tipo de noção estranha, basicamente extracurricular, me inclino a acrescentar, que não morre fácil, e mesmo hoje, com meus supersedentários quarenta anos, eu consigo me imaginar, com roupas *normais*, passando como um relâmpago por uma série de meio-fundistas olímpicos famosos mas sem fôlego e lhes dando tchauzinho, amistosamente, sem um fiapo de condescendência. Enfim, numa bela tarde de primavera, quando a gente ainda morava na Riverside Drive, a Bessie me mandou até a mercearia para comprar umas caixas de sorvete. Saí do prédio no mesmíssimo quarto de hora mágico descrito poucos parágrafos atrás. Num dado igualmente fatal para a construção desta anedota, eu estava usando tênis — sendo esse tipo de calçado, sem sombra de dúvida, para alguém que por acaso é o Mais Veloz Corredor Mirim do Mundo, quase exatamente o que os sapatos vermelhos eram para a menininha de Hans Christian Andersen. Assim que me afastei do prédio, eu virei o próprio Mercúrio, e disparei numa corrida "incrível" pela longa quadra que levava à Broadway. Dobrei a esquina da Broadway cantando pneus e continuei, fazendo o impossível: *aumentando* a velocidade. A mercearia que vendia o sorvete Louis Sherry, que era a inflexível preferência da Bessie, ficava três quadras ao norte, na rua 113. Mais ou menos na metade do caminho, eu passei voando pela banquinha onde normalmente a gente comprava nossos jornais e revistas, mas às cegas, sem perceber nenhum conhecido ou parente nas redondezas. Aí, coisa de uma quadra mais à frente, percebi o som de alguém que me seguia, nitidamente a pé. Minha primeira ideia, talvez tipicamente nova-iorquina, foi a de que a polícia estava atrás de mim — sendo a acusação, possivelmente, Bater Recordes de Velocidade numa Rua de Zona Não Escolar. Fiz um esforço para arrancar uma velocidade a mais do meu corpo, mas não adiantou. Senti uma mão me tocar e agarrar meu suéter bem onde o número da camisa do time vencedor devia estar e, mais que assustado, parei de correr com a falta de jeito de um albatroz que freia. Quem me perseguia, é claro, era o Seymour, e ele também estava com uma cara bem assustada. "Mas o que é que *foi*? O que foi que acon*teceu*?", ele me perguntava freneticamente. Ainda estava segurando o meu suéter. Eu me libertei dele com um gesto brusco e lhe informei, no idioma algo escatológico da vizinhança, o qual não registrarei verbatim aqui, que não tinha acontecido *nada*, que *nada* estava errado, que eu só estava *correndo*, porcaria. Seu alívio foi prodigioso. "Rapaz, que susto que você me deu!", ele disse. "Caramba, como você estava correndo! Eu mal consegui te alcan*çar*!" Nós então fomos juntos, caminhando, até a mercearia. Talvez estranhamente, talvez nada estranhamente, o moral daquele que agora era o Segundo Mais Veloz Corredor Mirim do Mundo não tinha sofrido uma grande baixa. Para começo de conversa, *ele* tinha corrido mais do que eu. Além disso, eu estava ocupadíssimo percebendo que a respiração dele estava pesada demais. Era uma coisa curiosamente divertida, ver aquela respiração pesada dele.

Acabei com isso. Ou, melhor, isso acabou comigo. Fundamentalmente, a minha cabeça sempre se recusou a contemplar qualquer espécie de conclusão. Quantos contos eu rasguei desde que era menino simplesmente porque continham aquele velho zumbido pega-Tchékhov que Somerset Maugham chama de Começo, Meio e Fim? Trinta e cinco? Cinquenta? Um dos mil motivos que me levaram a parar de ir ao teatro quando estava com meus vinte anos de idade foi o fato de que me incomodava demais sair do teatro só porque um dramaturgo qualquer não parava de marretar aquela cortina estúpida no chão. (O que foi que aconteceu com o perfeito chato que é o Fortimbrás? Quem foi que acabou dando um jeito *naquele* ali?) Mesmo assim, chega. Ainda tem mais um ou dois comentários de natureza física que eu gostaria de fazer, mas minha convicção de que o meu tempo *acabou* é forte demais. Além disso, são vinte para as sete, e eu tenho aula às nove. Mal dá tempo de tirar uma sonequinha de meia hora, fazer a barba e quem sabe tomar um refrescante banho de sangue. Tenho um impulso — mais um velho reflexo urbano que um impulso, graças a Deus — de dizer algo vagamente cáustico a respeito das vinte e quatro mocinhas, recém-retornadas dos seus fins de semana em Cambridge ou Hanover ou New Haven, que estarão à minha espera na Sala 307, mas não consigo terminar de escrever uma descrição do Seymour — nem uma má descrição, nem uma descrição em que o meu ego, o meu perpétuo e ardente desejo de dividir o protagonismo com ele, esteja por toda parte — sem ganhar consciência do bom, do real. Isso é grandioso demais para dizer (então eu sou o sujeito certo para dizê-lo), mas não se pode ser irmão do meu irmão à toa, e eu sei — não sempre, mas *sei* — que de tudo que eu faço nada é mais importante do que entrar naquela horrenda Sala 307. Não há uma única daquelas meninas, incluindo a Terrível Srta. Zabel, que não seja tão minha irmã quanto a Boo Boo ou a Franny. Elas podem brilhar com a ignorância de todos os tempos, mas brilham. Essa ideia consegue me atordoar: Não há outro lugar onde eu preferisse entrar agora a não ser a Sala 307. O Seymour uma vez me disse que em toda a nossa vida a gente só passa de um pedacinho de Terra Santa para outro. Será que ele *nunca* está errado?

Só vá deitar, agora. Correndo. Correndo e devagar.

Raise High the Roof Beam, Carpenters & Seymour:
An Introduction © J. D. Salinger, 1955, 1959.
© J. D. Salinger, renovado em 1983, 1987.
Direitos da língua portuguesa no e para o Brasil mediante
acordo com J. D. Salinger Literary Trust.

Todos os direitos desta edição reservados à Todavia.

Grafia atualizada segundo o Acordo Ortográfico da Língua
Portuguesa de 1990, que entrou em vigor no Brasil em 2009.

capa
Pedro Inoue
Bruno Abatti
preparação
Márcia Copola
revisão
Jane Pessoa
Tomoe Moroizumi

Dados Internacionais de Catalogação na Publicação (CIP)
— —

Salinger, Jerome David (1919-2010)
Erguei bem alto a viga, carpinteiros & Seymour: Uma introdução: Jerome David Salinger
Título original: *Raise High the Roof Beam, Carpenters & Seymour: An Introduction*
Tradução: Caetano W. Galindo
São Paulo: Todavia, 1ª ed., 2020
184 páginas

ISBN 978-65-5114-017-4

1. Literatura americana 2. Novelas 3. Ficção
4. J. D. Salinger I. Galindo, Caetano W. II. Título

CDD 813
— —

Índice para catálogo sistemático:
1. Literatura americana: Novelas 813

todavia
Rua Luís Anhaia, 44
05433.020 São Paulo SP
T. 55 11. 3094 0500
www.todavialivros.com.br

fonte
Register*
papel
Munken print cream
80 g/m²
impressão
Geográfica